ていん島の記

仁木英之

講談社

てぃんじま島の記

目次

装画　zunko
装幀　西村弘美

ていん島（じま）の記

序

一

　空から降り注ぐ滴（しずく）は葉と枝にからめとられ、やがて山を覆う巨木の樹皮を伝って小さな流れとなる。大地へ下った水は徐々に大きな流れとなって雲の海へと注いでまた空へと帰っていく。

　自ら狩った猪（いのしし）と鹿の皮をなめした狩装束に身を包んだ二人の少年、ミリドとムウマが、激しい雨に打たれつつ木々の間に渡された吊り橋を走り抜ける。橋に絡（から）む蔓（つる）から無数の滴がふるい落とされた。

　その時、山鳴りが轟（とどろ）いて兄と弟は足を止める。二人が巨木の幹に身を寄せて間もなく、大地が激しく揺れ始める。吊り橋が大きく揺れるが二人は踏ん張って倒れない。しかしどこかで吊り橋が落ちたらしく、枝の折れる音がいくつも聞こえた。太い枝の上に建てられた小屋からいくつかの顔が見え、心配そうに空と大地を眺めている。

　もう何年もの間、飢えと天災が山人（やまびと）たちを苦しめていた。絶えることなく恵みを与えてくれた山から、人の腹を満たす鳥や魚が年々数を減らしている。空と風の表情を読むのに長(た)けているはずの山人たちが気付いた時には、ほとんどの獲物が姿を消していた。

激しく降り続く雨と、山を傾けるほどの揺れ。そして大地を巡って恵みを与えてくれるはずの熱き風、アチバルが山肌から噴き出して人々の糧(かて)を奪っているのだ。

少年たちは山の恵みを仲間たちにもたらす狩人、カリシャである。

分厚い緑と険しい岩に覆われた島の大山塊を駆け抜ける脚力と、獣をねじ伏せ、身の丈を越える獲物を担ぎあげる膂力(りょりょく)。そして、突如襲い掛かる嵐や夜の闇に怯(おび)えない胆力がカリシャには必要だ。兄のミリドは山人のカリシャの誰よりも速く強く、そして豪胆だった。ムウマは一刻も早く、兄に追い付こうと焦っていた。

その焦りを知ったミリドは、こういう言い伝えがある、と教えてくれた。山の精霊であるウカミの魂、ウカミダマを手に入れた者は生涯獲物に困ることはなく、あらゆる戦いに勝利し、仲間を飢えさせることはないという。

「うまくいくかどうかわからないが、ウカミダマの加護を身に付けるんだ」

「ウカミダマ……そうすれば兄ちゃんに追いつけるのか」

恐ろしい力だとも聞いたことがある。その力を手に入れた者は、山の力を我がものとする。その代り、全てを食らい尽くすウカミダマに、やがて己自身も食い尽くされるという……。だが、己が食い尽くされようと仲間が飢えて死ぬよりはましだ。より良きカリシャになれる誘惑に抗(あらが)えなかった。ムウマは一瞬で迷いを捨て、その考えに乗った。

ウカミは灰色と銀色の硬い毛で全身を覆われた山の権化だ。その魂こそがウカミダマだといわれている。二人は山の宝を探しに行くにあたり、吉凶を観てもらおうと占い師のもとへと向かっている。

ミリドとムウマが庵(いおり)の戸を叩くと、入れ、としわがれた声が返ってきた。

村の外れに一人住む占い師の老婆は、顔一面に虫食らう蛇の刺青(いれずみ)が入った恐ろしげな外見をしている。だが、狩りの季節は彼女の許しがなければ始まらないほどに尊ばれている。

天地に問うべきことが生じた時、村人は占い師を頼る。占い師は山人たちと共に山をゆくが、共に暮らすことはしない。

「ウカミダマを？　子供たちよ、正気を失ったか」

本気だ、とミリドとムウマは口々に言った。小さな囲炉裏(いろり)の中で何かが爆(は)ぜる。占い師が長い箸でそれを取り上げ、目を細めて検(あらた)めた。

「ウカミダマを欲する者は死をさだめられる。ミリド、ムウマ、お前たちはこの瞬間に死が決まった」

脅(おど)すでもなく占い師は言った。

「このままでは皆いずれ死ぬ。でも死ぬなら、島一番のカリシャとなって皆の腹を満たし、英雄となってから死にたい」

ミリドの勇ましい言葉を、老婆は鼻で笑い飛ばした。

「愚かな子らよ。その願いと行いは変を呼ぶ。英雄など災厄にすぎぬ」

老婆は青い蛇の刺青に彩られたくちびるの端を吊りあげた。目の前にはひびの入った鹿の腰の骨が掲げられたままだ。占いの際に神託が降りる場所だとされている。

「変とは何だ」

ミリドの問いに老婆は深い皺(しわ)をわずかに動かした。

「人の営みは糸を繰るがごとし。変は繰り続きし糸を断つ刃なり」

占い師は低く歌うように言った。ミリドとムウマは意味が分からず、顔を見合わせる。

「封じられたものには封じられる理由があるのだ。封印を解けば変わりなき日々に変が生じる」

「それはいけないことか？」

ムウマの問いに、老婆はにんまりと笑みを浮かべた。

「変は過去を断ち、未来を生む。過去を断てばこれまでに手にしたものを失い、未来にそれ以上の恵みを得られるとは限らぬ」

「俺たちはもうこれまでの恵みを失っている。ウタギであろうと行く」

人々が祈りを捧げる場所はウタギと呼ばれ、聖なる地として祭祀の時を除いて勝手に足を踏み入れることを禁じられている。

「ウカミダマの眠る地はウタキではないが、人が禁じた場所だけが聖なる地ではないぞ。あまりに人の範疇からかけ離れた禁忌であるからこそ、ウタギにすらできぬ」

そう言いつつも占い師は彼にヤマハガリヌクジレの場所を教えてくれたのだ。

「行くだけでは足りぬ。ウカミの魂にふさわしい器か見せねばならん」

どう見せればいいんだ、とミリドは占い師に詰め寄った。

「山でもっとも強き者でなければ、その器とはなれぬだろう。それにふさわしい誓いを立て、加護を求めるのだ。いずれウカミダマに喰われるとしても、その餌にふさわしいかどうか示さねばならぬからのう」

楽しげな占い師の言葉はムウマには難しく、どんな誓いを立てればいいのか見当もつかなかった。

「教えてくれるのかくれないのか、答えが欲しい」

　老婆は再び笑い、

「怯えるほどに雄々しく、猛(たけ)るほどに兢々(きょうきょう)と動けよ」

　そう言ってある谷を目指せと教えた。

　ヤマハガリヌクジレ、とその谷は呼ばれていた。山猫の崖、という意味である。かつてこの山には二人の神がいた。山猫と狼の神だ。彼らは山の主の座を巡って大いに争ったが、力に勝る狼が優勢となった。しかし智謀に優れた山猫の神が、狼をこの谷に追い込んで崖に封じたという。

「ミリド、行ったことある？」

　しばらく黙っていたミリドは、

「途中まではある」

「途中まで？」

「ああ、目印はつけてある。でも勇気がなかった。こういう時でもなきゃ行かないところだ」

　兄は照れ臭そうな笑みを浮かべた。

二

　ミリドはムウマが憧(あこが)れる強いカリシャ、狩人だ。足は速く、動きは軽い。まだ十歳になったばかりのムウマが追いつくのは大変だ。山での焦りは足もとに出る。

「待って……」

　と言いかけた刹那(せつな)、踏みしめているはずの大地がなくなった。

「ムウマ！」

落ちかけたムウマの手はすんでのところで握られた。安堵のため息を漏らしたのも束の間、ミリドが摑んでいた岩が剝がれ落ちた。二人で落ちるところを、ミリドは凄まじい力で弟を投げ上げる。

「皆を、助けろ……！」

後の言葉は聞こえない。崩れ落ちる穴の縁から懸命に這い上がると、熱風が吹き上がってきた。激しく心が波立っている。ムウマは敢えて足を止め、ゆっくりと呼吸を繰り返した。何が起きても心を平らかに保つのが良きカリシャだ。今何をすべきか懸命に考えることで、悲しみと戸惑いを必死に抑え込んだ。

ムウマが落ちかけた穴は古い『窯』であった。穴の下にはアチバルが満ちている。大地の下に満ちるこの熱き風のおかげで雲が湧いて雨が降り、ここ「ていん島」の豊かさと温かさが保たれてきた。だが風が狂い始めて雨と日の恵みが災いに変わって戻らぬまま、時が過ぎている。

ミリドを助けられるか『窯』を覗こうとしたが、焼けるような熱気と湿気を伴った白煙に妨げられた。助けられた命を落とすような愚かな真似はしてはならないと自らに言い聞かせる。

激しく降り続いていた雨がようやく止んだ。重い湿気を帯びた泥と岩の匂いが風に乗って流れ去り、微かに山が震えるのを背中に感じた。またどこかの山が崩れた。

顔を上げると、山の緑の向こうに陰りつつある空が見えた。

大地の多くを覆う黒土クルディの恵みを受ける無数の草花と木々の香りに、獣の匂いが混じっている。全てを包みこんだ濃密な山の気配に四肢を押さえつけられ、山人の少年は空を見ていた。しっとりと潤いを含んでいるはずの土に乾きを感じて、思わず握りしめた手に激痛が走る。

中指の骨が折れている。痛みにうめき声が出そうになるが、腹をすかせた山の獣にこちらの弱みを教えたくない。

ムウマはゆっくりと立ち上がり、苦痛と迷いを押し隠すと、腹を満たした狼のように悠然と歩きだした。獣は生まれた瞬間から、生きるための戦いを始める。たとえ親を殺されても、悲しんでいる暇はない。

「この辺りに生きた『窯』はなかったはずなのに」

焦りと怖れで全身がこわばりかけるのを懸命にほぐす。

悲しみにくれている暇があったら、前に進め。

自分を叱りつけ、一歩を踏み出す。

無数の獣を仕留めた狩人ですら、夜の山に入るのをためらう。恵みを与えてくれる緑の山並みは、夜は凶悪な素顔を露わにしているかに思える。

獣道を踏んで進むムウマの前に深い谷が姿を現した。谷底は闇に包まれて何も見えず、谷の向こう岸が薄い月明かりに照らされて浮かび上がっている。

そっと身をかがめ、星の光に仄かに照らされている白い石に近づくと、蔓が結びつけてあるのが見えた。ミリドが言っていた通り、目印をつけてくれていた。

カリシャは深い山で迷わぬよう足跡や爪跡を残す。木の肌に残された目印を辿ると、低い木立に覆われた崖の縁へと出る。そこから身を乗り出すと、対岸の中腹あたりに小さな祠があるのを見つけた。

そしてムウマは、ウカミダマの祠がある崖を前に占い師の言葉を思い出していた。

「誓い……」

カリシャがすべきことはただ一つだ。

「皆を明日へ生かす。だからウカミの力を俺に与えてくれ！」

ぐっと体を沈める。木立の下を疾走し、谷へと大きく飛び出す。びゃお、と耳もとで風が鳴る。風が体にまとわりついていた山の匂いを拭った。

もうすぐ祠へ飛び移れると思ったその時、祠の奥が微かに光った。人がいるはずのない祠の奥に深い穴があり、光はその奥から漏れているようだ。

「ウカミダマ……？」

光が一気に強くなると同時にアチバルが吹きつけ、熱き風の大きな手に摑まれたように、ムウマの体は祠の穴へ吸い込まれた。

一瞬闇の中を落ちたかと思ったら、急に光の中へ放り出された。ヤマハガリヌクジレからは常に風が吹き上げていたが、何度も何度も風の上下が変わっていく。空に吹き上げられたと思うと、そこに大地がある。風が回って地面に叩きつけられたと思うと、そこには空があった。熱風の源を懸命に探っているうちに、強い水の匂いを感じた。沸かした湯に似た匂いの雲が、狭い空から吹き付けてくるのだ。だが、濃く熱い雲から見える景色は、見慣れた山並みではなかった。

体が回って止まらない。ムウマは悲鳴と共に落ち、また上がっていく。意識が遠のく最後の瞬間に、耳を切り裂くような音が聞こえた。草笛のような鋭い音だ。続いて何かが視界を覆った。巨大な羽根だと気付く前にこちらへ迫ってくる。その羽根の間から美しい少女の顔が見えて、ムウマは一瞬恐怖を忘れた。

「羽根に摑まって！」

言われるままに目の前の白く大きな羽根に摑まると、すぐに広く温かい大鳥の背に乗せられた。

白く厚い雲の海を越えると今度は冷たい風の中へと入っていく。周りを見ると、大きな空が風の向こうに広がっている。大鳥がさらに大きくはばたくと、緑濃い山々が目の前を過ぎていく。遥か向こうには山人なら決して見間違うことのない聖なる山、アマンディと見慣れた緑の山々が見えた。

大地の周囲は白く厚い雲の海に覆われている。そこがムウマにとっての天地の涯だ。だが羽根の向こうに雲海の終わりが見えた。頭に思い浮かべたこともない、天地の涯の向こうには雲の海よりも限りない青が見えた。

「あれは……」

さらによく見ようと身を乗り出した瞬間、不意に手が摑まれ、山のどの花よりも芳しい香りが風と共に全身を包んだ。

「驚いた。あそこから落ちて無事なんて」

大鳥を駆る少女は、褐色の美しい瞳を瞬かせた。ムウマに比べると随分と小さく、細い。光を透すような、軽やかで細く柔らかな前髪があでやかに風になびいた。

「ここは……」

ムウマの問いに、少女はおかしそうに目を細めた。

「あなたが生まれ、暮らしている場所」

確かに、山の姿は幼い頃から見ていた馴染み深いものだ。

「どうしてウカミダマを持っているの？　どうやってここにやって来たの？　あなたは誰？」

今度は少女が矢継ぎ早に訊ねてきた。ムウマは自分の手の中や衣の中を確かめるが、それらしき物はない。

「気付いていないの？　あなたの中にはウカミダマがある」

　ムウマは驚いて自分の体のあちこちに触れてみるが、何の変化もない。

「兄さんとウカミダマを探しにヤマハガリヌクジレに来たんだ。……それよりここはどこでお前は誰なんだ」

「ここは私。私はあなたが生まれ、暮らす場所」

　からかわれているのか、とムウマは不愉快になったが、それよりも確かめなければならないことがあった。

「兄さん……ミリドを見なかったか？　山人のカリシャで……」

「そんな人は知らない。でも、きっとこの島のどこかにいる。ここはどこにも行けず、どこからも入れない場所。命があるならきっと会える」

　ムウマが言い終わる前に少女は歌うように言った。ムウマは空の下を見回す。山人の目をもってしても、大空から『窯』に落ちた人を探すのは難しかった。もしミリドが見つからなければ、その分もカリシャとして力を尽くさなければならない。だが少女は、

「ウカミダマの力なんて無い方がいいと思うな。あなたも死んでしまうし、その力が本当に目覚めると島も滅びてしまう」

　少女は呟くと、前を向いた。彼女の言葉はムウマの理解を超えていた。

「そのままでいればいい。聖なる山に全てを委ねていけばいい」

「このまま飢え死にするわけにはいかない」

「そうなってても仕方ないの」

少女の乾いた言葉に、ムウマは怒りを覚えた。

「仕方なくなんかない」

少女は一瞬悲しげな表情を浮かべたが、気を取り直したように話を変えた。

「山人は山から離れることができないんでしょ？　だから空からの景色を見せてあげる。私、空から見える景色が大好きなの」

大鳥は少女の言葉を合図に大きく羽ばたく。北には聖なる山アマンディが聳え、その頂から白いアチバルが噴き上がっているのが見える。聖山に従うように山々が南に向かって頂を連ね、その山麓にはわずかな平地が広がっている。その言葉通り、山の緑と空の青の境から望む光景は、ムウマから一瞬、ミリドやウカミダマのことを忘れさせた。

「この景色が大好き。ただ、このままでいて欲しい」

少女はムウマに囁くように言った。

いつしか大鳥は二羽になっている。新たに現れた大鳥は碧く光る瞳でムウマを一瞥すると風を切って先に立った。その背には仮面で顔を隠した大人の男が跨っている。

「あの人は？」

「ここを任されている人」

「アジってこと？」

「ちょっと違う」

人々を束ねる務めを果たす領袖はアジと呼ばれている。大鳥を駆る男はムウマをじっと見つめた。

「ウカミダマをその身に蔵する者がついに現れたか……」

美しく、凛とした瞳が仮面からのぞいている。二羽の鳥は、再び厚く濛々と湿った風の中へと入っていく。

「ここは一体……」

どこかを訊ねようとしたが、その後は言葉にならなかった。また一瞬の闇を抜けて小さな空に入る。そこは空なのに眼下に雲が広がり、頭上に大地があった。雲からの熱風が吹き付け、大鳥の羽根は風を受けてさらに速さを増す。

見渡す限りの不思議な景色の中を、二羽の大鳥が互いの進路を交差しながら、聖山アマンディに向けて飛んでいく。

兄を失った悲しみを一瞬忘れそうになるほどの美しい光景の中、異変が起きた。風の熱さがもはや人が耐えきれるものではなくなってきたのだ。

濛々たる蒸気の向こうから、腹に響く重い音が立て続けに轟いた。

「あれが島の悲鳴」

少女は悲しげに言った。

「悲鳴？」

男が少女に代わって答えた。

「この島は生きている。だから、時に病にかかる。その原因はいつも私たちだ。獣の体に巣食う蚤のように、木に絡みつく蔓のように、島を弱らせていく。見せてやろう」

風の中でも耳の奥へ伝わってくる不思議な声だ。

「獲物が取れないのも島のせいか」

「島のせいではなく、私たちのせいだ。だからウカミダマはお前を呼んだ」

「皆を助けてくれるのか」

「愚かな。ウカミダマに選ばれた以上、お前は全てを見届けねばならん」

突風が大島をまた広い空へと吹き飛ばす。すると、美しい緑の山々の様子が一変していた。あちこちから煙が上がり、赤い炎が山肌を焼いているのがわかる。雲が乱れ、山と空に広がる平原も燃えている。空には大鳥が舞い、矢や槍を受けて落ちていった。

ムウマは戦場の空に異様なものを見た。それは大鳥の数十倍は大きな銀色の蛇身である。言い伝えに聞いたことはあるが、姿を見るのは初めてだ。

「雲の王……」

その名を口にするのも憚られる、大空の支配者だ。

「島は私たちが身を喰らうことを許してくれる。だが、度を超すと身を震わせて怒る。だからその体に宿らせてもらっている私たちは、時に自らの身を焼くのだ。もし、それもできぬほど弱く愚かであれば、島を司る聖なる山の魂と雲の王が人を滅ぼすであろう」

ムウマはじっと炎と煙を見つめていたが、いきなり身を乗り出した。幼い子供を矢が貫くのが見えたからだ。少女が慌ててムウマの腕を摑んで引き留める。

「あの子を助けなきゃ！」

「あなたが見ているのはウカミダマの中にある島の記憶。惑わされてはだめ」

「島の記憶？」

「そう。この大地の全ての記憶は聖なる山アマンディに集まる。ウカミダマは山の魂。アマンディの記憶そのもの」

「でも……」

あの炎の下には山の仲間がいる。そして煙の下には空人も川人もいるのが見えた。炎が胸の奥に移ってきたような熱さを感じる。その熱が全身に広がり、思わず手を見る。

そこには銀灰色の毛と、長く鋭い爪が光っている。驚きのあまり声を上げると、それは狼の咆哮へと変わった。

「落ち着いて」

少女の声に引き戻されて、心の波が収まっていく。やがて島全体が霧に覆われ、また元の濃い緑の平穏な姿へと戻っていた。

「とても不思議」

全身に岩を載せられたような疲労の中、少女が優しく背を撫でてくれた。気持ちと呼吸が落ち着き、狼へと変わっていた肉体も戻っていた。

「ウカミダマの力は、全てを見届け、山の記憶を未来へ伝えるためのもの。自分自身を守ることにしか普通は使えないはずなのに」

少女の表情はどこか悲しげだった。

「時が来て、またこの景色を共に見る日が来るかもしれないね……」

男が少女にそろそろ行くぞ、と声を掛けた。

「ここで見たことは忘れよ」

男の瞳がムウマを捉えた。ただ黒く、深い穴のような瞳に心が吸い込まれそうになる。慌てて少女へと意識を向けてやり過ごそうとした。その少女は別れを惜しむように島を見下ろしている。

「じゃあ、戻るね」

「戻るって、どこに?」

「務めを果たしにいくの」

少女は乾いた声で答えた。

「この島が雲の海の中で穏やかな日々を送ることができるように、アマンディに身を捧げるの。誰も知らない場所でただ一人。ずっと、私が消え果てるまで」

ムウマはそれがとてつもなく悲しいことのように思えた。ただ、その悲しさと美しさに惹かれていた。

「また一緒に飛ぼうよ」

ただそう言うのが精一杯だった。少女は驚いたようにムウマを見た。

「本当にそんなことができると思ってるの？」

「僕は嘘をつかない。嘘をつくのはカリシャじゃないもの。約束する」

「約束……」

少女はその言葉が宝ものであるかのように、胸の前で両腕を抱いた。

「あなたはウカミダマの祠に入る前に何を誓った？」

ムウマはカリシャとして、皆を明日へ生かすと誓いを立てたことを告げた。

「じゃあ、約束して。いつか私の傍に……」

ムウマは次の瞬間、日射しを受けたデゴの花のような香りに包まれた。細く柔らかな腕に抱きしめられるやいなや、すぐ放されて大鳥から落とされた。

ムウマが気付いた時には、谷底に叩きつけられていたはずの体は、山の草原の上に横たえられていた。そして、胸のあたりに大きな傷ができていた。疾駆する狼の姿に似た、奇妙な形の傷であった。

第一章

一

空に聳える巨木の間には、涼しく快適な風が流れている。デゴと呼ばれる木々が山人たちの住処(すみか)であった。大人十人でようやく抱えられるほどの幹の中には、昼は涼しく、夜は温かな虚(うろ)がある。樹上にあるため、降り続く雨にぬかるむことがなく、獣や虫の害に苦しむことも少ない。

木々の間は蔓を編んだ吊り橋が渡され、そこを渡って人が往来している。虚の一つから出てきた少年は、なめした獣皮の狩衣(かりぎぬ)に身を包んで短弓を手挟み、猟犬と共に足早に吊り橋を渡っていく。橋が数本交わるところは広場になっている。

塩漬けの肉や魚、なめした毛皮、香木、干した茸(きのこ)が木箱に入れられて積まれている。

巨木の上から鋭い口笛の音が三度聞こえた。

聖なる山、アマンディへの供物を捧げるために大鳥たちがやってくる合図だ。大鳥を駆る空人と交わることは禁じられているので、人々は合図の口笛が鳴ると虚の中へ入り、入口を閉ざして息を殺す。

ムウマも同じようにしようとして、供物の山を振り返った。男も女も、年に二度、春と秋に定められている供物を用意するために、毎日夜明け前から山に出なければならない。

風が森を揺らし、木箱が軋む音がした。そっと虚から覗こうとするが、足もとしか見えない。空人たちが大鳥の胸に付けた鉤に紐をかけ、木箱を括りつけると大鳥が羽根を広げる。

十数人分の身の丈ほどはありそうな大きな羽根を軽々と羽ばたかせると、木の葉と土が舞い上がって虚の外は見えなくなる。風が収まった時には、吹き飛ばされた小枝が広場に散らばっているばかりだった。

ムウマは虚を出て空を見上げる。既に大鳥の姿はなく、山と積まれていた供物も全てなくなっている。虚から出てきた数人の女たちが顔を見合わせてため息をついた。また次の取立まで、山の中を駆け回る日々が続くのだ。

広場の木々の間には綱が渡されている。獲物が豊かな時は、ここに多くの肉が干されている。山の風が肉に滋味を与え、長く人々の力となる。だが、多すぎる雨に崩された山からは、獣が姿を消していた。

子供たちが虚から出てきて遊び始めている。ムウマを見ると、

「ウカミさまだぞ！」

と叫んで姿を消した。それを見ていた女性が鋭い叱声を放つ。

「誰のおかげで食えてると思ってるんだい！　ムウマ、許しておくれよ」

ムウマは目礼してその横を通り過ぎる。橋上ですれ違う男たちは、額につけた手のひらをムウマに見せて過ぎていく。目上の者に対する礼儀だが、どこかよそよそしい。

気にすることなく、ムウマは揺れる橋の上を急ぐ。デゴの木立が終わるところが村の境である。そこに一人の男が猟犬のフウイと共に待っていた。

格好はムウマと同じだが、全てが大きく、分厚い。長く硬そうな髪を首の後ろで縛り、前髪を

眉の上で切り揃えているのは大人の証である。太い眉は繋がり、大きく丸い瞳は木立に紛れる獲物を決して見逃さない。

　父のドウマはムウマの姿を認めると、すぐに早足で歩きだす。父の早足はムウマの疾走と変わらない。何とか追いついて肩を並べる。

「あの日からもう三年経つが、皆なかなか慣れてくれないな。何とか飢えずにすんでいるのはお前のおかげでもあるというのに」

　父のドウマがぽつりと言った。

　あの日、というのは兄のミリドと共にウカミダマを探しに出た日のことだ。兄を失って一人で帰り、しかも狼神の魂を身に蔵したと占い師に認められたムウマを、周囲はそれまでと同じようには見てくれなかった。

「胸を張っていろ」

「でも……」

　ムウマは村の仲間から向けられる視線に疑念が含まれていることを訴えた。ムウマがウカミダマを得てからも、アチバルは荒れ続け、長すぎる雨は山の恵みを涸れさせていく。村人の中には、それがウカミダマを盗まれた山の怒りだと噂する者もいた。

「空と山がおかしくなったのは、お前たちがウカミダマを探しに行く前からのことだ。間違ったことをしていないと思うなら、態度で示せ。カリシャとして村人のために働けば、いずれは向けられる目も変わってくる」

　ドウマは息子の一人が『窯』に落ちたと聞いても、悲嘆を表に出さなかった。山の暮らしの中では、生と死は常に隣り合っている。生きて帰ることは大切だが、死に臨んでいかに振る舞ったかが何より重く見られる。

「勝手にウカミダマを探しに行ったのは誉(ほ)められたことではないが、その理由も、山での行いも、ミリドは何一つ間違っていなかった。お前もそうだ。だとすれば、恥じることは何もない」

山から帰ってきたムウマを前に父はそう言った。それ以来、父だけはムウマを責めるようなことを一言も口にしなかった。

「膠(にかわ)は持ってきたか」

竹の筒に入った粘り気の強い液体を父に渡す。村では女の仕事だが、ムウマの母は彼を産んだ際に命を落としていた。ムウマは幼い頃から家と山、双方の仕事ができるよう鍛えられてきた。

ごつごつした体つきの父はしばらく風を探り、山頂から北に伸びる一本の尾根を指さして見せた。

「ムウマ、獲物だ」

父はずっと獲物を探していたらしい。ぼんやりしていたことを恥じながら、彼は父の後に続く。狩りの大半の時間は、獲物の気配を探ることに費やされる。地味で退屈だが、獣の気配を感じ取れなければ、狩人としては半人前だ。

アチバルと甘いアダンの実の香りの中を再び走り、深い木立の中をしばらく進んで足を止めた。

「あった……」

ムウマはほっと胸を撫で下ろす。わずかな踏み跡をたどっていくうちに、まだ新しい糞(ふん)を見つけた。

「鹿だ。何頭もいる」

「群れでいるのを見たのは久しぶりだな。フウイを放て」

父の命に従って、ムウマは猟犬を放つ。鹿の糞はその色や乾き具合から見て、ごく新しいものだ。鼻を空に向けて匂いを探っていたフウイは、山肌を転がるように駆け下り始めた。ドウマが頷（うなず）くのを見たムウマは逆に尾根へと駆け上がる。

尾根からは、ドウマたちの住む島、「てぃん」の南半分が一望できる。暗い緑と明るい緑が交互に斜面を覆い、険しい峰々の中には、頂近くに霧をまとっているものもある。ムウマは尾根筋に生えるアダンの巨木の上に素早く登ると、獣を見つけた。ドウマもすぐにムウマに追いつき、群れの様子を見定めている。

「父さん！」

ドウマは息子の指さす方を見て頷いた。これで狩りは半ば成ったも同然だ。甘い香りをたてるアダンの実を見ているうちに、口に唾（つば）が湧いてきた。

「時季外れの実が生っているな……。ムウマ、食い気に負けて獲物を逃すなよ。獲物を得て山に祝福を謝するまで油断するな」

狩りでは感覚を研ぎ澄まして獣を探す。風に乗って流れてくる獣の匂いが甘いアダンの芳香に邪魔をされると、狩りが失敗する恐れもある。

「行くぞ。山よ、恵みを我らに」

引きしまった腕のあたりを叩いてドウマは祈った。一族を率いる勇者の証である蛇の紋章が彫られている。山の民に生まれた男なら誰もが憧れる、英雄の印だ。

父の後について、ムウマは急峻（きゅうしゅん）な山肌を駆け下りる。深い木立の中を行けども涼しさはない。首筋や胸元を汗が流れても、気にせず走る。ソテツの葉を編んだ腰巻に一尺ほどの山刀を挿し、背中には山刀とほぼ同じ大きさの短弓と箙（えびら）を背負っている。

矢は細竹の枝の先にハミという蛇の毒を塗ったもので、刺さらなくとも皮の表面を傷つけることさえできれば、猪でも仕留めることができる。獣の気配を探りつつ目を凝らすと、木立の間にちらちらと動いているものが見える。木の肌に似た色だが、間違いなく鹿の群れであった。

ムウマは喉を絞り、きょおん、と高い音を出した。子鹿の鳴き声に似せた音を出すことで、鹿たちを混乱させるのである。

そうして鹿の鳴き声を模しながら、群れを見下ろせる岩場へと進む。フウイが激しく吠えたてて群れを崖の方へと追い詰めていく。この辺りの山の様子は全て、ムウマとドウマの頭の中に入っている。

岩の間を飛ぶように駆け下り、ムウマは鹿の群れの前へと躍（おど）り出て、立て続けに矢を放つ。一瞬動きを止めた鹿が三頭、急所を射抜かれて倒れた。群れは十数頭いて、半ば以上は逃げ去ったが、それ以上深追いはしない。鹿の成獣が三頭いれば、一日の収穫としては十分だ。

ドウマは腰に下げていた水筒から水を天と地と、そして獲物となってくれた鹿にかけ、丁寧に感謝の祈りを捧げた。鹿を高い木に吊るし、水を飲んで一息つく。

「久しぶりのまともな獲物だ。これでしばらく村の者たちも飢えなくてすむ。それにしてもムウマよ、随分腕を上げたな」

「まだ父さんや兄さんほどじゃない」

「確かに、俺やミリドと比べるのはまだ早いな」

静かに言うと、豊かに見える山々を見上げた。

稜線の遥か上を、一羽の鳥がゆったりと飛んでいる。

「大鳥だ。さっきのかな」

「いや、もうアマンディ近くまで行ってるだろう」

空を見ないままドウマは言った。

大鳥は山人の目をもってしても、微かな点にしか見えないほどの高い空をゆく。聖なる山に仕えることを義務付けられた空人たちが、島を見回ってはアマンディに報告するという。

「空を気にしている場合ではないぞ」

ムウマは気を引き締めた。山の獣は数を減らし続け、ここ最近は村中のカリシャが総出で兎一匹も獲れない、という日が続いていた。

崖を背にして山並みを見ると、あちこちの峰から白い煙が立ち上っていた。山裾から雲の海に掛けて広がる川人の地からも煙が何本か上がっている。

山の緑と川人の里の緑は濃さが違う。川人が木々を切り倒すと黒土が露わになる。そして彼らが作物の種をまくと、その葉の色へと変わっていく。山と雲の海の間に広がる平坦な地は、山とは違う薄い緑と、露わになった土の色、そして人々が暮らす家の屋根に使われる白石の色が入り混じっていた。

「人が増えすぎている」

ドウマは呟いた。

「もう一つ島があれば獲物にも困らないのに」

息子の言葉を聞いて父はわずかに笑った。

「ていん島の他に大地はない。ここで己の分を守って生きてこそ豊かでいられる」

「豊かじゃない。皆飢えてる」

「誰かが、いや誰もが分を守っていないということなのかもしれんな」

ていん島は広大無辺の雲海に囲まれ、高峰の頂に登っても雲海の端を見ることはできない。島のほとんどは深い山に覆われ、中で獣を追っていれば果てしなく思えるが、尾根筋から見える雲と島の境は意外なほどに近い。

水は山から出でて川となって里を潤し、やがて雲の海に至って空を彩る。一つの天を戴き、一つの雲海に囲まれ、雲海に浮かぶ唯一つの大地を共にする三つの民がこの島の全てだ。

「人が増えるのは悪いことなの？」

「人が生まれるのは祝福されるべきことだ。だが、この地が支え切れる人の数には限りがある。黒く豊かなクルディからの恵みに、あまりに甘えていると島が荒れてしまう」

山人と川人が交わることはまずない。その境を越えることは掟で厳に禁じられている。それでも、川人は境を越えて山を荒らすので、多くの山人は川人を嫌っていた。

「大地を傷めつけているのは俺たちも同じだ」

山人は山と大地に崇敬の念を持って接しているから違う、とムウマは考えていた。

「我らもアマンディへの供物と自らの糧を得るために山に入り続ける。人が山に入れば獣は姿を消す。果実や茸を穫り過ぎ、木々を切り倒し過ぎれば森の様相は変わる。だから同じなんだよ」

その時、地面が大きく揺れた。

「それにこれだ」

ドウマは苦々しげに言う。太く激しい煙が、数本向こうの尾根筋から上がっている。

「あれは山人の里？」

「あれはヒエン山の辺りだな。『窯』などあったか」

ドウマに聞かれて、ムウマは首を傾げる。

「新しい『窯』か。あれも増えては困るのだがな……」

ドウマはうんざりした表情になっていた。『窯』の開いた山はイムチ、忌まれた地として入ることが禁じられる。そして煙が収まると神の宿る場所、ウタギとして祀られるのだ。

「様子を見に行こう」

二人は煙を目指して尾根筋をたどる。やがて、油を塗ったように鮮やかな光を放つ緑の中に、山稜が大きく抉れた峰に至った。抉れたあたりから出る白煙からは沸かした湯の匂いがしている。そして、近寄ることを許さぬ熱を伴っていた。

「やはり『窯』か……」

ヒエン山にはもともと、風の流れを測るための見張り台があったというが、ここ数十年は使われていなかったらしい。そのせいで頂の周囲には木々が生い茂り、四方の景色を見ることができなくなっていた。それが、『窯』のせいで木が燃えて倒れ、島の端まで見渡せるようになっていた。島の周囲には一面雲が広がり、空の果てまで続いている。

「先ほど飛んでいた空人にも見られたに違いない。ここはアマンディの命でイムチとなるだろう。戻ったら村の占い師に祈禱を頼んで結界を張ってもらわねばな」

「空人に見られるとまずいの」

「彼らは空から山を見張り、新たな『窯』ができたら聖なる山に報告し、その周囲に人が入ることを禁じる。『窯』が増えれば入れない山も増えて面倒だ」

「そんなの、ごまかしてしまえばいいのに」

「空人の目をごまかすのは難しいんだ。彼らの命に逆らうことは、聖なる山アマンディに逆らうことになる。彼らの指図に従うのも掟だよ」

忌々しそうに言ったドウマは『窯』を避け、山の頂へと足を向けた。雲は陽光を受けて白く光っていた。山の涼風に時折熱気が混じって心地よい。

「『窯』を近くで見たのは久しぶりだ」

ムウマの言葉に興奮が混じっているのを感じ取ったのか、父は一瞬険しい顔をした。

見張り台の礎であったと思われる巨石をよじ登っていると、ドウマはその横を軽々と跳躍し、先に石の上に着いていた。とてつもない脚力だ。

「ひたすら鍛えるのだ」

ドウマは石の上に悠然と立って言った。

「鍛えたらもっといいカリシャになれるのかな」

「ならねばならん。ウカミダマの力を得たとはいえ、自在に使えるわけではないだろう？」

口惜しいが頷くしかなかった。

「他に獣の姿は見えないな……」

四方を見渡したドウマは一つため息をつく。四角い顔の眉間に刻まれた皺は深い。獲物がほとんど獲れなくなって、ドウマも村の男たちも険しい表情でいることが増えた。

「もし山の恵みが全てなくなってしまったらどうするの」

ムウマは時々胸に浮かぶ恐ろしい想像を話した。

「山の恵みがあってこそ、我ら山人は生きていける。山の恵みは絶えることがなく、それを得られないのは我らに何かが足りないからだ。獣が賢くなれば我らはより賢くならなければならない」

ドウマは遥か北に霞んで見える美しい独立峰を指す。

「アマンディもここまで来るとよく見えるな」

　どこから見ても尾根の長さが同じに見える不思議な山こそが聖山アマンディだ。頂からは白い雲が絶えることなく湧き出し、島でもっとも大きく古い『窯』があると伝えられている。聖山から四方へと散る風と雲は、島中に散って恵みと災いをもたらし、そして島の周囲を埋める雲海『アマ』の一部となる。

　目を雲海へ向けると、わずかな平地が山と雲海の境目に細長く伸びている。川人が森に火をかけて田畑を拓いているのだという。

「川人は増えるのが速い。山でも獣が増え過ぎると荒れるだろう？　そのことで川の連中と話すことになっている。ああして派手に野を拓くから、山の獣が餌を失って飢え死にしたり、毒虫が増えたりする。俺たちの目が届かないところで、川人が山の領域を荒らしているという話もある。そのことで川人のアジと話をせねばならん」

　二人は山の頂から下りて獲物を吊るしてある場所に戻った。

「お前も一匹担げ」

　そう言った父は獲物の鹿一頭をムウマに渡す。だが一気に担いで山道を行こうとして、よろめいた。

「身軽なのはいいが、全てに気を配らねば山に足を取られるぞ。俺の後を継ぐ頃には、誰よりも強くなっていなければならん」

「わかってる」

　ムウマは気合いを入れて鹿を担ぎ直すと、山肌を駆け下り始めた。だがその時、強い獣の匂いと、鋭い爪が首筋をかすめた。

「山犬だ！」

父の声がする。気付くと十数匹の山犬が血走った目をいからせて二人を囲んでいた。別の数匹が、ムウマの背後から不意打ちを仕掛け、獲物を奪い合うように持ち去っていく。ムウマは一頭に組みついて首をへし折ったが、山犬たちの動きは速い。

「ムウマ、鹿のことは考えるな！」

そう命じられても貴重な食料を諦(あきら)めたくはなかった。その執着がムウマを危地に追い込む。幻惑するような山犬の動きに惑わされ、その鋭い牙(きば)が目の前に迫ってきた。

山人の糧を盗む奴は許さない。怒りがムウマの全身を走る。腹を空かせている仲間を救う貴重な獲物は、誰にも渡さない。

己を縛る見えない鎖がばちばちと音を立てて切れていく。

声が狼の咆哮へと変わる。その咆哮に、山犬たちが急に怯えを見せた。太く張った首筋がいつしか狼のたてがみに覆われている。くちびるの間から短剣のような牙が出た。

獲物を奪うものは殺す。

威嚇(いかく)の唸(うな)りに、山犬たちがあとずさる。殺意が力となって四肢に漲(みなぎ)っていくと、山犬たちは悲鳴を上げて逃げ去った。ムウマは跳躍して山犬たちを蹂躙し、鹿を取り戻して雄叫びを上げた。

「ムウマ！」

父の鋭い声に我に返る。

「もうよいぞ。ゆっくりと、息を吐(は)け。ウカミ神の闘気を山にお返しせよ」

その言葉に従って、ムウマは気を落ち着けていく。全身を満たしていた怒りが呼気と共に流れ出し、膨(ふく)れ上がった肉体も牙も収まっていく。

大岩を肩の上に載せられたような疲労に荒い息をついていると、肩に優しく手を置かれた。

「獲物はまた獲れる。人ならぬ力をみだりに使うでない」

「うん……大丈夫」

呼吸を収めて、ムウマは頷いた。

「古より伝えられていたウカミ神の力が、まさか我が子に宿るとはな」

ムウマは獣から人の心に戻り、安堵していた。山に感謝の祈りを捧げ、父にもらった猪の干し肉をしがんでいると、ようやく力が戻ってきた。

ケムリキを組んで火を焚く。火にくべると濛々たる煙を上げ、離れた山々の間で連絡を取る際によく使われる。黒みを帯びた煙が木々の間から空へと昇っていく。山犬に噛み跡をつけられてしまったが、大切な獲物だ。本来は血も臓物も大切にいただくが、山犬から肉を守らなければならない。

「ムウマ、穴を掘ってくれ」

言われるままに木々の間、土の柔らかい所を探して深く穴を掘る。その間にドウマは腹を裂き、心臓の血管を外した。血はこぼれずに腹の内に溜まり、それをムウマの掘った穴へとそっと流し入れる。

臓物を肉から外して同じ穴に入れ、しっかりと土をかぶせる。肉は皮をつけたまま、塩をすりこんで高い枝に吊るしておく。そしてフウイの首周りを撫で、

「しっかり見張っていてくれよ。すぐに仲間たちが来てくれるからな」

と言い聞かせた。

「さあ、村に帰る前に川の連中のところへ行くぞ」

川人の里に向かって歩き始めた直後、ぐらりと大地が揺れた。

「今度のは大きいな」

木々が軋む音が悲鳴のように山肌に響く。これまで平らであった場所が斜面となり、水の流れと森の佇（たたず）まいが変わる。揺れが収まると、山の傾きが先ほどとほんの少しであるが異なっている。

「これだよ。大地が傾いて戻らぬなど、ありえぬことだ。聖なる山アマンディから流れ出る熱き風の護りが崩れてしまう」

大地の異変が山の荒れにもつながっているのだろうか。やがて雨も降り始めた。

「川人はこの大地の異変を理由に木々を恣（ほしいまま）に切り倒し、川筋を変えているという。川人たちもこの所の不作とアマンディへの献納に苦しんでいるらしいが、だからといって互いの境を侵していいというものではない」

「獣が減っているのも川人のせいなの？」

「それは何とも言えん。彼らはそうではないと言っている。もし川人が数を恃（たの）んで山を荒しているのだとしても、山を守るべき我らが務めを果たせていないのなら、我らの責任でもある」

山を下りて深い谷に入っていくと、木立が密になっていく。軽やかな風の香りがしっとりと重みを増す中を下るうちに、水音が聞こえてきた。

「この辺りには川人のウタギがある。不用意に入るなよ。入ったらどんなもめ事が起きるかわからん」

「山に川人が入り込んだら僕が追い払ってやるのに」

「勇ましいことだが、勝手に争いごとにはするなよ。より面倒になる」

水音がさらに大きくなった所で、ドウマは足を止める。

「あそこが川人のウタギの一つだ」

木々の間から、大きな滝が見えた。

「あの奥にアマンディにあるものと同じくらい、古くて大きな『窯』があると聞いたこともあるが……」

ひんやりした風がここまで届いてくる。大きく息を吸い込むと、山を走って熱くなった体が内側から冷やされていった。

「父さんは川人の里には何度も来てるの？」

「ああ、来てるよ。長としてあれこれ決めるのに、話をしなければならないからな。川人には川人の言い分がある。そこは話し合いだ」

と腕の紋章に触れた。川人の長の腕にも、やはり紋章が彫られているのだろうか。ムウマは川人の村に来るのは初めてで、川人を見ることもほとんどない。

ドウマが足を止めた辺りに、小さな石が円錐形に積み上げられている。

「これが境……」

積石を中心に、ちょっとした広場になっている。

「ここは川人との交易を行う場所で、ヤマグワという」

山と川の特産物を交換する仕事はカリシャがやるものではないので、ムウマはこの場に来たことはない。

「山と川の人は普段交わることを禁じられているから、定められた日に書状のやりとりをして、定められた品をここに置いておく。互いに顔を見ぬよう、争いが起きぬよう、物だけをやり取りするのだ」

「そういえば、大人たちが川人の出すものの質が悪いって文句を言ってたけど」

「そうだ」

ドウマは渋い顔になった。

「川人との間には話し合わねばならぬことが多くある」

その時、境の向こうからいくつかの足音が聞こえてきた。

二

鮮やかな色合いの赤と青の丸が近付いてくる。川人は雨を嫌うようで、雨除けの道具を頭上に差している。

迎えに来たのは二人の川人だった。やけに顔がのっぺりした人たちだな、とムウマは思った。長身の男が袖をまくり、ドウマも同じようにする。そして互いの紋章を見せ合って、族長・アジであることを確かめ合った。川人のアジの肩口には、翼がある魚の紋章が刻まれていた。

「アジのあなたがわざわざ出迎えとは痛み入る」

ドウマは丁寧に礼を言った。

「久しぶりだな、ライガ。川の調子はどうだ」

「良くないな。麦も芋(いも)も果実も養っている獣たちも、全て育ちが悪い」

顔をしかめた川人の長は、

「従者を変えたのか」

とムウマを一瞥した。長身で、髪も長い。目も切れ長で、木立の中ではっきりとわかるほどに明るい青色をしていた。肌触りの良さそうな絹布で仕立てた衣は、長い手足をすっきりと覆い、深い藍で染め上げられていた。

「これは息子だ。ムウマという」

「そうか。よろしくな、ムウマくん」

ライガに言われ、ムウマは慌てて額に手を当てる。それが位の高い者に対する礼であった。

「ちょうどいい。私も我が子、ライラを連れてきた。恐らく年も近いだろう。我らが話している間、遊んでいるといい」

ライガは、自分の背中に隠れるように立っていた子を前に押し出す。挨拶（あいさつ）をせよ、と促されたライラは、急に胸をそらせて肩を怒らせ、両手のひらをムウマに見せて顔を横に向けた。

背が高く痩せているので粗樫の幹のようだ。ライガと同じように袖と裾のゆったりした衣だが、裾が膝（ひざ）のあたりまでしかない。

そんなことをムウマが思っているうちに、二人のアジは肩を並べて歩き出した。ムウマが声をかけると、ライラは数歩距離をあけて後からついてきた。

腹が盛大に鳴ったので干し肉を裂いて口に抛（ほう）り込む。強い塩と脂が疲れた体に沁（し）み渡っていく。水筒の中には芒果（ぼか）の果汁を発酵させたものが入っている。微かな泡立ちと酸味が含まれていて、飲むと元気が出た。

「食うか」

ライラに差し出すが断られてしまった。しばらく川に沿って坂を下ると、視界が開けていく。川人が作る集落と、四角く区切った平坦な緑の野がいくつも続いている。

「あれは？」

「田と畑だよ」

ライラは低い声で答える。田畑の奥の木立では牛馬が数頭、巨木を引き倒しているのが見えた。木を切り倒した後、火を掛けて新たな農地を拓いているのが山からもよく見えていた。

木立を切り拓いている人の中に、ひと際巨大な影がある。

「化け物がいる……」

「化け物じゃない。あれは怪者(けんむん)だ」

「けんむん？」

山にもそう呼ばれる怪物がいると言われている。正体はわからないが、木々を倒し、岩を砕く力がある。見ると目が潰(つぶ)れると言い伝えられていた。

「怪物じゃないよ」

ライラは言った。

「野を切り拓いていると時々掘り出されるんだ」

「あんなのが土の中から出てくるのか？」

白い煙を上げつつ背丈の何倍もありそうな木を運ぶ人型からムウマは目が離せなかった。

「中に人が入れるようになっていて、アチバルを籠めておくと何日間かは力仕事に使えるんだ。使い方が少しわかってきて、田畑が広がったんだ。すぐに壊れて直し方がわからないのが難点なんだけど」

「そこまでして畑を広げなくても」

「人が増えたらそれだけ作らないといけないだろ」

育てて収穫して食べる。

山人にはない考え方である。山に入れば必要なものは何でもある。ただ、無用に獲りはしない。さらに歩いて行くと、村の向こうに広がる雲海の上に、何かが飛んでいるのが見えた。山と川人の里の上に雨雲がかかっていても、雲海は常に陽光に照らされて白く光っている。

「空人が飛んでる」

ムウマが声を上げた。かなり大きな鳥が、時折大きく旋回してその背が見える。背には人が乗っていた。アマンディに供物を捧げる日だったとムウマは思った。山では村の広場から大鳥が持っていく。

「あの大鳥たち、供物を運びに来たのか？」

「いや。川人は自分たちでアマンディに運んでいくんだ。命じられた量を揃えないと空の恵みを与えない、と脅される。その割にはずっと不作だけどさ」

ライラが不平を言いつつ空を見上げている。髪がさらりと揺れてユリの葉に似た耳たぶが露わになった。顎が細く、睫毛が長い。山の中では見ることのない顔だ。空を見上げているうちに、不服そうだった顔にうっとりしたものが混じった。

「飛べるのが羨ましいのか」

「別に……」

そう言いつつも、ライラは遥か空の上で優美な円弧を描く鳥を目で追い続けていた。

「空人に近づくなって言われてる。でも見てるのは楽しいから、よく見える尾根筋まで登ることはある」

ムウマが何気なく言うと、ライラは不愉快そうに眉を上げた。

「俺たちは山人の地である尾根筋まで登れない。お前だってここにいられるのはお父さまの許しあってこそなんだからな」

わかった、とムウマは手を上げる。

真面目と言われたのが意外なように、ライラは目を丸くしたが、何かを思いついたようににやりと笑うと先に立って歩きだした。

「お前、真面目だな」

「山の尾根筋には登れないけど、俺たち川人にも空を見上げる場所はあるんだ。この先にウタギがあって高台になってる。もちろん、連れていけるのは手前までだけど、景色はいいよ」

一度川筋へと下りると、数人が並んで歩けるほどに広い道があった。ドウマたちが向かったのとは逆に、ライラが上流へと歩き出したので、ムウマもその後に続いた。沢筋の水を集めた川の流れは激しく、木々の間に瀬音がこだましていた。

「僕たちが普段見ている川と違うな……」

「山人は沢の水を使うけど、川は沢が何本も集まったものだからな。でも水が多すぎるんだ。田畑を潤すのに水は多くいるんだけど、多すぎても作物が腐ってしまう」

ムウマは普段の水の苦労を思い出す。山人の暮らしは、水を求める日々でもある。村が水源から遠いと、たらいを担いで何度も山中を往復しなければならない。

「でも川人は恵まれてる。食べ物が多いんだな」

「恵まれてなんかない」

あれを見ろ、と指された方には流木と瓦礫（がれき）が山となって積まれていた。

「山が崩れて田畑も家も流される災いが毎年起こる。それにここ十数年天気がおかしくて不作が続いているから、皆腹を空かせてるよ。空見の術師によると雲の海が荒れているらしい。最近山を見上げるとあちこちの『窯』が煙を上げているのをよく見る。おかげで山に降る雨が激しくなって、川の水が田畑を荒らすんだ」

その結果、凶作が続いているという。

「それに、川が暴れるのは山人が山を荒らすせいだと聞いた」

ムウマはかちんときてライラを睨（にら）んだ。

「山は大切な恵みの地だ。荒らすわけがない」

言い返しつつ、山人も山を荒らしているという父の言葉を思い出して口ごもる。

「川人が増え過ぎてるんだろ」

「人は力だ。人がいるから豊かになれる」

ライラは強い口調で言った。道は徐々に狭くなり、谷の気配が変わっていく。ウタギ独特の張り詰めた、清らかな重さを伴った気配だ。

「あの滝の向こうがそうだよ」

ライラが指す川上の方に、微かな水煙が立っている。深い木立の中に、大きな滝がある。

「俺たちが登るのはこっち」

滝を指した指を横に向けた。

「ウタギに入ることを許されているのはアジだけなんだ」

谷の斜面に、梯子（はしご）が立てかけてある。長い梯子の先に結界を示す組紐（くみひも）が結ばれており、くさむらの中に隠れている。

「奥にウガンジョがある」

ウタギは聖なる場所で、中に入って祈りを捧げられる者は限られている。だが、人々にも日々の願いと祈りがある。島の神々に願いをかけられる場所を、ウガンジョという。

「そこは山人の僕が入っても大丈夫なのか？」

「拝所は川人の誰もが入っていい場所だから、父上が認めた客人なら構わない」

安心したムウマはライラに続いて梯子を登りだす。だが、半ばまで登ったところで、急に梯子が音を立てて折れ、上でライラの悲鳴がした。滑り落ちるライラの手を摑みつつ、ムウマは腰の短刀を引き抜く。体をひねって短刀を崖へと突き立てた。

三

膂力で岩に分厚い刃を押しこむと、崖の途中で体が止まった。

「俺は大丈夫だけど……」

ライラは驚きに顔を真っ赤にして身を縮めていたが、

「梯子が壊れたから下りようかな」

と冷静を装った。

「空人を見るのはやめておくか？」

「ム、ムウマは空人が怖いんだな」

「怖がってるのはライラだろ」

崖の途中で言い合いになった。

「梯子なしで登るなんて野蛮なことはできない」

「そうかよ」

ムウマはライラを崖に残し、一人でするすると登っていく。指先が掛かる突起があれば、体を持ち上げることはできる。急峻な崖も道のうちだ。

梯子は崩れ落ちたが、崖の上の方はなだらかになっていて、藪もない。四肢を使って体を支え、持ち上げていく。茂みの中を抜けると、やがて谷の中腹にあるウガンジョらしき場所に出た。

思わず声を上げるほどの景色がそこに広がっていた。

見上げれば山人の領域である緑の峰々が折り重なり、眼下にはウタギである滝から水煙が上がるのが見える。さらには、川人の住むあたりが隅々まで見え、その先に空人が雲の間を飛んでいるのが見える。

「おおい」

崖の下からライラの声がする。

「よく見えるのか?」

見えるぞ、と大きな声で答えておいて腰を下ろした。山と川と空を一度に見ることのできる場所だ。川人は空と山の狭間にある平原を拓いて田畑を作り、大鳥が雲の海の上を舞っている。空人は地上ではアマンディの麓をわずかに領するのみだが、雲の海全てを我がものとしている、と聞いたことがある。

「ムウマ!」

下から苛立ったような声が聞こえる。

「俺も見たい!」

「野蛮人じゃなくて残念だったな」

野蛮と言われたことよりも、ライラが一瞬見せた蔑むような表情が腹立たしかった。そんな奴は崖の途中で怖がってればいいんだ。ごろりと横になろうとして、ここが神を祀る拝所であることを思い出す。さすがに寝そべるのは憚られた。

川沿いに広がる平野を見ると、川人の作る整然とした田畑や牧場、家々の集まっている様が美しい。しかし目には楽しいが、動きがないので飽きてしまう。ムウマには空を見ている方が楽しかった。

「ムウマ、俺が悪かった！」

しぶしぶ謝る声が聞こえる。

「父上が言ってたのを思い出した。川は山を侮（あなど）ってはならないって。お願いだから上げてくれ」

ムウマは手近な蔦（つた）を素早くより合わせると、縄にして崖に垂らした。

「いいぞ」

と声を掛けても中々上がってくる気配がない。

「これ、大丈夫なのか？」

ムウマはため息をついて縄を引き上げようとした。

「悪かった。信じてるから」

ようやく縄がぴんと張られた。ムウマは自分の体に縄を回してしっかりと支えてやる。川人の少年が非力なことは、縄を伝わる力でわかった。

「川人は頭を使うんだ。平原を拓いて田畑にしたり道を作ったりはするけど、崖をよじ登ったりしない。川人の地に山はないからな。それに、雨が続いて岩が滑りやすくなってるんだよ」

ようやく拝所まで登って来たライラは、言い訳するようにもごもごと話した。

「お前、男のくせに力が無いんだな」

何気ない言葉にライラはさっと頬を紅潮させた。

「何だと？」

もう一度言ってみろ、と胸のあたりをどんと押してきたが、ムウマはびくともしない。

「……弱いな」

「言ったな！」

ライラは今度は飛びかかってきた。だが、ムウマは無造作に手を上げると、そのまま振り下ろした。ライラが地面に倒れたように見えた。だが、巧みに受け身を取って立ち上がる。

ムウマは面白くなって間合いを詰めていく。力でも速さでも全く自分に敵わないはずなのに、その力と速さを受け流す技を会得しているようだった。

「それが川人の戦い方か？」

「お前たちと違って頭を使うんだよ」

虚を衝いたムウマの足払いでライラは今度こそひっくり返った。

「……この蛮人め。いつか倒してやるからな」

口惜しげにライラは言ったが、ムウマは腹も立たなかった。強弱ははっきりしている。それで十分だった。弱いからといって蔑むわけではない。山では互いの強弱を知り、無用な争いを避けるのだ。

「寝てないで、空を見よう」

ムウマが手を差し伸べると、ライラは不服そうな顔をしながらもその手を摑んで起き上がった。ライラがムウマから目を逸らし、空を見上げた。空人たちが大鳥を操って、狩りをしているのがはっきりと見える。狩りの獲物となっているのが何なのか、ムウマの目でも捉えきれない。

「あれは天魚(アマユ)を獲ってるんだ」

ライラが教えてくれた。

「天魚って……雲の中にいる魚?」

「そうだ。よく知ってるな」

雲の中、というのは新鮮な言葉だった。ムウマの世界は山で始まり、山で終わっている。空も川も、山から見える限りのものだ。

「ごくまれにだけど、天魚は俺たちの村にも落ちてくるんだ」

「食えるのか」

「とてつもなく旨(うま)いんだ。身は白くて味が濃い。病気の人が村にいたら真っ先に食べさせる。どんな病にも効くって言われてる」

ムウマは喉を鳴らした。空を泳ぐ魚を見た記憶はある。だが、口にしたことはない。

「空人たちに追われた天魚が雲の海をうっかり出てしまって、俺たちの里に落ちてくることがあるんだよ」

一人の空人が大鳥を駆って雲の海へと突入していく。

「すごい……」

拝所のある崖の縁から乗り出すようにして、ムウマはその様子に見入った。大鳥を心のままに操って空を舞うのはどんな気分だろう。雲の中へと入ったその空人は、やがて少し外れたところから飛び出してきた。

その前には翼を持つ魚が右へ左へと激しく身をよじりながら逃げている。空人は乗っている大鳥の背中で伸びあがるようにし、弓を構えた。

ライラにははっきりと見えないらしく、しきりに様子を訊いてくる。だが説明することを忘れるほどに、空をゆく者の動きは美しかった。大鳥は激しい風の中を揺れながら、しかし雄々しく飛んでいる。

「ふん、かっこつけちゃって」

言葉とは裏腹に、ライラの目が輝いている。

空人は格好をつけているわけではない。狩りにそんなゆとりがあるはずもない。風の中で狩りをすることの難しさと爽快さをムウマは思った。

鳥の背で弓を構えるのはどれほど難しいことか。ムウマも弓を使うだけに、その技量の高さに舌を巻いていた。

「ムウマ！」

しきりに袖を引っ張られるが、ムウマの目は空人の姿に釘づけだ。

「あれは何だ？」

無理やり頭を別の方向へと向けさせられる。そこには白い雲の海が波打っているだけに見えた。いつも通りゆったりと波打ち、陽光を受けて白く輝いている。

「あそこがどうかしたのか」

「形が変わってる」

「そりゃ雲の形は変わるだろ……」

その時、雲の海の一角が大きく盛り上がった。

四

雲の波は山のように膨らみ、やがて割れる。ムウマは声を失い、さらに身を乗りだそうとしてライラに引き戻された。

「危ないだろ！」

その声も耳に入っていなかった。ムウマは雲を割って出てきた、巨大な怪物に目と心を奪われていた。ライラに引っ張られて尻餅（しりもち）をつき、その体勢のまま空を見続ける。

それは巨大な蛇のようであり、また魚のようにも、鳥のようにも見えた。

「く、雲の王だ……」

ライラも固唾（かたず）をのんで空を見上げている。雲の王という怪物は、空人の乗った大鳥よりもはるかに大きかった。銀色に鱗を輝かせ、ゆったりと身をくねらせつつも、その凶悪なまでに巨大な牙を剝（む）きだしにして、一人の空人を追っている。

「人里の近くまで来ることはないはずなのに……」

そこまで言って、ライラは目を見開いた。

「誰かが空の禁を破ったのかも」

「禁？」

だがムウマの問いに、ライラは答えることができなかった。

「でも、雲の海の近くに住んでる俺たちですら、雲の王を見たことはないんだ。怒らせるようなことをあの空人はしたんだよ」

追われている空人は一散に逃げ始めた。雲の王はゆったり飛んでいるように見えるが、長い口の間から覗く牙は、凶暴なほどの光を放っている。

「怒ってる……」

「ムウマ、あの空人、こっちに向かってないか?」

大鳥は確かに、ムウマたちのいる拝所めがけて急降下を続けているように見えた。その背後に、雲の王が迫っている。

「あの空人を助ける」

ムウマが弓を構えると、ライラはその腕を押さえつけた。

「何するんだよ」

「それはこっちの台詞(せりふ)だよ」

「助けなければあの空人が死ぬ」

「空人なんて助けなくていい。面倒なことになるだけだし、雲の王に矢なんて届くはずがない」

「見殺しにはできない」

ムウマはライラを振り払って再度弓を構える。空人が急に旋回し、雲の王の顔がこちらを向いた。怒りに目を血走らせ、咆哮を上げている。

その目がムウマの姿を捉えたように思えた。弓を持つ手が強張(こわば)り、体が震え出す。魂の奥底に普段は隠れている「それ」が、心が極限まで昂ぶらなければでてこない狼の魂が、牙を剝いている。

「お前に私が撃てるのか」

不意にそんな声が聞こえた。怒りに燃えていたはずの怪物の目に、冷徹な叡智が宿っている。

ムウマは雄たけびと共に矢を放った。風を帯び、大木すら射抜く鏃(やじり)が空を走る。だが雲の王は笑うようにひと声吠えると雲の中へと姿を消す。鏃は塵となって落ち、ムウマは呆然となった。

　ふと我に返ると、ライラが縄を伝って拝所から下りようとしていた。

「空人が落ちた！」

　ライラが縄に捕まって崖に一歩踏み出した途端、悲鳴と共に落ちていく。ムウマは慌てて縄の端をとり、引きずられながらも踏みとどまった。拝所の岩に縄の端をくくりつけて崖を覗き込むと、ライラは魂が消し飛んだような顔をして縄にぶら下がっていた。

「もう大丈夫だからゆっくり下りろ」

「手の皮が剝けて痛い……」

「後で手当てしてやるから。空人を助けてやるのが先だ」

　ムウマは雲の王に気をとられてしまい、空人がどこに落ちたかを見ていない。崖の上から雲海の方を見ると、先ほどの荒々しさはなく、なだらかに波打っている。空と雲の境をさかんに飛び回っていた他の空人たちの姿も、既に消えていた。

　ムウマは縄を伝って滑りおり、手のひらを見つめているライラに手を出すよう命じる。見てみると指の付け根あたりの皮が剝けただけだ。

「こんなの怪我のうちに入らない」

　ため息をついたムウマは、腰の道具袋から薬草を練ったものを取り出し、塗ってやる。

「薬、なのか？」

「文句があるならそこの川で洗って流せばいい。すりむいて痛いままでいいならな」

「これくらいの傷」

　目をいからせつつも素直に薬を塗られている。

「空人はどこに落ちた？」

「あっちだ」

ライラはウタギのある山を指す。

「誰かに見られたかな」

心配するライラをよそに、ムウマは空人が落ちていった方に走り出した。川人に拓かれた道は平らで広く、走りづらい。

「山人って平地では遅いんだな」

その横を、ライラが軽快に追い抜いていく。そしてあっという間に田畑を抜け、山の方へと姿を消す。ムウマは田畑の畦（あぜ）に入って速度を上げた。これくらい荒れて草が生えている方が走りやすい。

山に入ってしばらくすると、ライラの背中が見えてきた。立ち止って膝に手をついている。

「息切れしたのか？」

ムウマが訊ねても、荒い息をついて黙っている。

川沿いの広い道は、滝が見える少し前あたりで終わっている。ここは確か、とムウマは思い出して青ざめた。

五

ウタギに入らないように、ムウマは慎重に滝の向こうの様子を探った。滝のウタギへ続く道は険しい谷の底にある。谷の上には深い木立があり、その一画が不自然に傷ついていた。

空人が落ちていった方角と同じだ、とライラは言う。

「すごい速さだったから、無事では済まないだろう。それにもし無事だとしても……」

理由はどうあれ、空人が川人のウタギに飛び込んで、聖域の木立を壊したのである。

「大変なことになる」

ライラは不安げだった。

「空人と戦になるかもしれない」

ムウマにはぴんとこなかった。

「そんなこと言ってる場合じゃない。まずは無事かどうか確かめないと」

あの空人が雲の王に追われている間、川人の姿は外になかった。もしかしたら、誰にも見られていないかもしれない。だとしたら、空人を助けてウタギの外に出すだけで話は終わる。

「ライラ、中の空人をここまで担いで来てくれないか。後の手当ては僕がやる」

「ウタギの中に入れって言うの？」

「山人が入るよりましだろ」

だが、ライラは青くなったまま返事をしない。

「……わかった。じゃあこれから僕がすることを、ライラは見なかったことにしてくれ」

ムウマはウタギの境になっている小さな祠の前に膝をついた。

「これから中で怪我（けが）をしているかもしれない空人のために、ほんの短い間ウタギに入らせていただくことをお許しください」

短く、しかし真摯（しんし）に祈りを捧げる。山人の祈りが川人の神に通じるのか自信がなかったが、それでも祈らないよりはいい。

「ライラは何も見ていない。いいな」

「いいな、じゃないよ……」

祈りを終えたムウマはまだ何か言いたげなライラを置いて立ち上がり、川人のウタギへと足を踏み入れる。口の中が渇き、冷や汗が流れる。

一歩入った瞬間に風の匂いが変わった。濃い水の気配が押し寄せ、巨木の香りもする。それは山でも感じられるものだ。

だが、何かが違う。巨大な獣がこちらを見つめているような重さがあった。ムウマは祈りの言葉を口にしつつ、進んでいく。進むにつれて、滝の音が大きくなっていく。

足を踏み入れたことを少し後悔した。山人のウタギですら滅多に入ることを許されないのに、よりによって川人のウタギにいる。ライラには勇ましいことを言ったが、ムウマも怖くなってきた。

崖下に切り拓かれたごく細い道を進み、最後に大きな岩の下をくぐると、耳を圧する音が聞こえてきた。顔を上げたムウマは言葉を失った。地響きを立てて水の大蛇が舞っている。

「これが、川人のウタギ……」

滝が岩を穿ち、岩が流れを象って、それがちょうど白い大蛇のように見えるのだ。その大蛇の頭の先に、大きな鳥の羽根の端が見えていた。

「おおい！」

呼びかけるが、滝の音にかき消されて自分の声も聞こえない。大鳥は動かないから、恐らくひどい怪我をしているか死んでいるのだろう。乗っていた空人も無事とは考えにくい。

ムウマを脅かすように、滝の音は絶え間なく響いている。

「ここを登るのか……」

この滝がウタギの中心である。足を踏み入れるのは、断崖の下を覗き込むような怖さがあった。誰も見ていないんだ、と自分に言い聞かせて、滝の横の崖をよじ登り始める。一度登り始めれば、それは急峻な斜面でしかなく、余計なことを考えずに一気に登った。

滝の上では大きな鳥が羽根を広げて横たわっていた。思った以上に柔らかそうな羽毛に触れるとまだわずかに温かい。しかし既に、生の徴(しるし)は失われていた。

目を閉じて頭を垂れる。山に感謝することはあっても獣を弔(とむら)うことはないムウマも、思わずその死を悼(いた)んでしまう気高さが大鳥にはあった。

目を開け、空人を探す。大鳥の背に最後まで乗っていれば、近くにいるはずだ。ライラも誰かが途中で落ちたとは言っていなかったが、探しても人の姿は見つからない。

あれほどの高さから落ちたのだから、体がばらばらになったのかもしれない。山人は崖に慣れているが、それでも数年に一度、滑落して命を落とす者が出る。高い所から落ちると、人の体は無残なことになる。

滝の上には何もない。ウタギとして川人が使っているのは滝の下までのようだ。岩と木立に挟まれた上流側は、すぐ近くに滝があるとは思えないほど静かな淵となっている。底まで澄んだ水を見ても人が沈んでいる気配はない。

その時、がさりと音がしてムウマは動きを止めた。大鳥が倒れているあたりから音がする。大鳥が死んでいるのはもう確かめた。肉を喰(く)らう獣がいてもおかしくないが、彼らが発する特有の臭気は感じられなかった。

「何をする」

用心しつつ大鳥の羽根の下を見ようとした瞬間、短刀が頬のすぐ横をかすめていった。

さすがにムウマは腹を立てた。

「落ちて怪我をしてるだろうから、手当てに来たんだぞ」

羽根の下から出てきた空人は、薄い布に茶色がかった鳥の羽根を無数に縫いつけた衣を身に着けていた。袖も裾も細く、軽そうな衣は、大鳥と同じ羽根の紋様で彩られていた。頭は雲のような紋様を散らした布で覆っている。膝を立てて身がまえ、もう一本の短剣を握りしめていた。

その顔を見て、ムウマは息を飲んだ。ウカミダマの谷で吹き下ろしの風に落とされた時に、大鳥とそれに乗る空人が助けてくれた。目の前の空人はその時の少女に似ていた。だがそんなはずはない。あれからもう、三年経っている。

「足、怪我してるんだろ。僕は山人のムウマだ」

「近付けばあなたを殺します」

久しぶりに空人と言葉を交わしたことにムウマの胸は躍ったが、相手はそうではないようだ。

空人は警戒心もあらわに短剣を突き出すが、その場で膝をついてしまった。小さく細い体がより小さく見える。

「足を挫いてるな。腱が切れているか傷ついているかもしれない」

空人は答えず、ムウマを睨みつけている。

「山に暮らしていれば怪我はつきものだ。空人は怪我をしないのか?」

「しますが、相棒が守ってくれますから大事には至りません」

その相棒の変わり果てた姿を見て、空人は涙を浮かべた。

「私を守って死んだ……。ハヤテは私の兄弟でした」

共に山を走る猟犬たちのことを思い出し、ムウマの胸は痛んだ。

「僕にも狩りを共にする猟犬のフウイがいる。兄弟と同じくらい大切だよ。この子がお前にとってはそうなんだろ？　だったら、この子が守ってくれた命を粗末にしちゃいけない」

空人は初めて素直に頷いた。頭を覆っていた布を取ると、栗色の髪が背中まで垂れる。

「女の子か……」

少女はムウマを睨んだ。

「女だからなんですか。空人の勇士に男も女もありません。勇敢か臆病か、ただそれだけです」

「……そんなことを言ってるんじゃない。ともかく傷を見せてくれ」

「嫌です」

ムウマが近付くと、短剣を構えてあとずさった。

「……子狐みたいなやつだな」

「私にはイリという名があります。狐などではありません」

正直な感想が癇に障ったらしく、イリの表情はさらに険しいものとなった。

「身を守ろうと怒るのは悪いことじゃない。でも無闇に突っ張っても力を無駄遣いするだけだ」

「あなたが敵でないという証がないでしょう」

「川人のウタギに、山人のアジの子がこうして足を踏み入れている。お前を助けるためだ。それで十分だろう」

少女の表情が変わった。

「ここが川人のウタギで、あなたは山人のアジの子……」

「川人のアジの子も近くにいる」

少女は驚き、しばし言葉を失っていた。そして何故か一瞬、笑みを浮かべた。

「何がおかしいんだ？」

「何でもありません。しかし、本当に山人が空人の私の味方をしてくれるのですか」

「疑い深い奴だな。助けるつもりがなければ禁を破ってまでウタギに入るわけがない」

ムウマは憤然と言った。

「それに川人のアジの子が見ている前でここに入ったんだ。雲の王が姿を現したから、川人のほとんどは家に閉じこもって、お前が落ちて行くのは見なかったはずだ」

「では、あなたはどうして見ていたんですか」

川人との話し合いに来ていたことを告げると、また良からぬことを考えているのでしょう、とイリの表情が険しくなった。

「良からぬこととは何だ？」

「私はいつも聞いています。山人と川人はいつも空人を敵視し、島をほしいままに利用しようと画策していると」

「それはお前たちが僕たちが苦労して手に入れたものを奪うからだろ」

「奪っているのではなく、アマンディに納めているだけです」

「同じことだ。それに、山と川の間には語らうどころか、揉め事の種ばかりだ」

「真実を知らないのはあなたが子供だからです」

憐れみがイリの表情に現れた。

ムウマはもう相手をせず、イリの近くに膝をついて傷口を検めた。衣の下には大きな傷が見えている。だが、血はそれほど出ていない。足首を挫いてはいるが、骨も折れていないし腱も切れていないようだ。

「この大鳥、本当にイリを守ったんだな」

「……ここで私も一緒に死ぬ運命なら、それも受け入れるつもりでした」

「でもお前は生きている。もしこの子が今の言葉を聞いたらがっかりするぞ」

ムウマは大鳥の羽根を畳んで抱き上げようとしたが、一人で抱えられるような大きさではない。それに、埋めてやる場所もないことを思い出して再び下ろした。

「ハヤテは空人の国で弔ってやりたかった……」

イリは悲しげに目を伏せる。

「気持ちはわかるが無理だ。死んだ体はすぐに腐るし、これだけ大きな鳥を誰にも見つけられず運ぶことはできない。どこかに穴を掘って埋めた方がいい」

頷いたイリが、不意に短剣を振りかぶり、茂みに向かって放った。かつん、と乾いた音がして、短剣が木の幹に突き立つ。その横でライラがひきつった笑みを浮かべていた。

「な、中々下りて来ないからさ。……この子が空人？　女の子だったのか」

ライラとイリは互いに値踏みするように視線を交わしている。

「それにしても、よく登ってこられたな」

ムウマが言うと、ライラは得意げに顎を上げた。

「ウタギの上へ通じる道があったんだ」

「先に言ってくれよ」

「今さっき思い出したんだ」

ライラはイリの怪我と、ハヤテの遺体を見た。

「この大きな鳥の死体、早く片付けないとまずいぞ」

「無礼な」

　イリが怒りをあらわにする。

「ごみのような言い方をしないで下さい」

　ライラは気押されたように顔を背けた。

「言い方が気に食わないなら悪かったけれど、ここにほったらかしておく方が可哀そうだ。大体、厄介ごとを持ち込んでいるのはそっちだぞ」

　くちびるを噛んでライラを睨みつけていたイリであったが、

「でも、穴を掘る場所も道具もない」

　諦めたようにため息をついた。

「いや、場所ならある」

　ムウマは言った。

「拝所の周りは岩が多いけど、少し奥に入ればクルディの柔らかな土に覆われている」

「何故わかるのですか」

「山人だからな」

　ムウマはウタギにいることにひやひやしつつ、生えている木を見極める。顔ほどもありそうな大きな豆、モダマの鞘（さや）がぶら下がっているあたりに柔らかい土を見つけた。

　腰から幅が広く分厚い山刀を抜いたムウマが土を掘り出すと、ライラとイリはそれを物珍しそうに眺めている。

「見てないで手伝ってよ」

　手を止めたムウマが言うと、二人は顔を見合わせた。

「どうしていいかわからないんだよ」

「土を掘ったことなどありませんし」

「じゃあ僕が掘り出した土を脇にどけてくれ」

日が傾くまで三人で穴を掘り、ようやく大鳥の体を納めるだけの大きさになった。

ハヤテを葬り、イリが祈りを捧げる。

「ありがとう」

祈り終えたイリは額に汗を光らせたまま、礼を言った。

「ここまで手伝ってくれるとは思いませんでした」

「ほったらかしにしていたらかわいそうだからな」

ライラは手についた土を払い、顔の汗をぬぐう。

「川人のアジの元へ案内をお願いします」

イリはそう申し出た。

六

ムウマとライラは顔を見合わせた。

「私が出ていけば、あなたたちに迷惑をかけることはありません」

決然とした口調だ。確かにそうだ、とムウマも頷く。悪意があってウタギに突っ込んだわけではなさそうだ。正直に申し出れば、大事には至らないかもしれない。だが、ライラは反対した。

「まだ村に下りたくらいならいい。でもここはウタギだぞ。イリに訊くけど、もし俺たちのどちらかが空人のウタギに足を踏み入れたらどうなる？」

「……もちろん裁きを受けます」

「裁きの結果は？」

「大人たちの決めることだから、私にはわかりません」

「そう。大人たちが決めるんだ」

ライラは力を込めて言った。

「川人の大人は、空人のことが好きじゃない」

「何故ですか？　私たちは川人の害になるようなことなどしていません」

「してるだろ！」

ライラは声を荒らげた。

「年に二度稔りを奪っていくじゃないか」

「奪っているのではなく、アマンディへの供物です」

「持って行くのはお前らだろ。ともかく、川人は数が多いから、田畑を拓いたり獣を育てたりして暮らしてる。日の光も風と雨の恵みも十分に必要だ」

その天候を左右するのは雲だ、とライラは言う。

「空人が雲に出入りして天魚を獲ると、雲の流れが乱れて雨降りが狂ってしまうと考えている川人も多いんだ」

「言いがかりです。私たちが空を乱しているという証があるのですか」

イリはむっとした表情になった。

「俺たちは空に上がれないいんだから証なんてあるわけがない。そっちこそ、害を為していない証を見せろよ」

ライラもことさら不機嫌そうな表情を作って問いただす。

「私たち空人は大鳥の力を借りて雲の中に入りますが、そこまで深くは入らないし、入れません。雲の奥は風の流れがあまりに強いのです」

冷静なイリの言葉には力があった。

「でも雲の王が出てきただろ」

イリがぐっと詰まったのを見て、ライラは勢いづいた。

「雲の王が出れば災いが起きる。見てはならないし、見たら数年は天の恵みから見放されると川人の間では言い伝えられている」

「私の責任ではありません」

イリも全く折れる気配を見せなかった。

「いいか、君を追って、雲の王は出てきたんだぞ。もしこれで災厄が俺たちの村を襲ったらどう責任をとるつもりなんだ」

ムウマはライラの剣幕に驚き、宥(なだ)めるように肩を叩いた。

「ライラは一度も失敗したことがないのか」

「やっていい失敗とだめな失敗があるだろ」

ライラは苛立たしげに顔を背ける。

「裁きの場に引き出されても、何をされても文句は言えません」

イリはことさら冷たく、表情を消して言った。

「……ここで大人しくして、怪我が治ったら空人の里にこっそり帰ってくれ。俺だって揉め事は嫌だ」

ライラは顔を背けたまま言った。イリは何も答えない。

ムウマが足に添え木をして手当てをし始めてもイリはじっとしていた。

「あの高さから落ちて生きていたのは幸運だった。僕たち山人は山に命を分け与えてもらって、死ぬまで預かっていると考えるんだ。長く預けてもらえるのは、山の加護があるということだ」

手当てをしつつムウマは言ったが、イリは首を振った。

「空人の流儀では、死した魂は炎の中で空と一体になります。死とは無に戻ることです」

「姿を変えて生まれ変わってくるんじゃないの」

ライラの言葉にイリは首を振った。

「あなた方とは死の捉え方が違います。死は無への帰還です」

なるほど、とその時ムウマは初めて納得した。山、川、空の民はみだりに交わってはならないという掟があるのも当然だ。考えが違いすぎる。

「今の私にできることは？」

「ライラの言った通り、静かにここにいてくれ」

大人しく頷いたイリを一旦洞の中に残し、ムウマとライラは川人の村へと向かった。

日は傾きかけ、家々からは炊事の煙が上がっている。炭を燃やす匂いに馥郁（ふくいく）と甘い香りが混じっていた。

「ライラ、川人っていつも何を食べているんだ」

「米とか芋が多い。あとは塩漬けにした肉とか干した魚。豊作だった時は色々凝った料理が出たらしいけど。歓迎の宴では出るんじゃないか」

山人も干し肉を口にするが、時間のかかるような細工はしない。

「山人はどうなの」

「木の実と獣と鳥だよ。……空人は何食べるんだろうな」

「天魚獲ってるんだから、それじゃない？　川と空は交易していて、作物があちらにいってるからきっと似たようなものも食べてるはずだ」

ライラは空を見上げた。村に近付くと、数人の大人たちが村の入り口あたりで何やら話をしているのが見えた。口角泡を飛ばして何か言い合っている。

その横を二人が通り過ぎようとすると、

「ライラさま、どこへ行っていたんです」

と言い合っていたうちの一人が声を掛けてきた。

「山人のアジの子を接待していたんだ」

「川上から戻ってきたみたいですが、ウタギには近付けていないでしょうね」

「当たり前だろう」

平静を装ってライラが答える。

「それより、何を言い合ってたんだ」

男はそうだ、と思い出したように、口論の相手を指す。

「そいつが、雲の王が出たからには大きな災厄が訪れるに違いないと言うんです」

「ただでさえ凶作続きで今年も雨が多すぎるってのに、雲の王まで出やがって。空人の奴らがどんな文句をつけてくるかわかったもんじゃない」

相手の男が憤然と言った。それを押しのけてまた先の男が出てくる。どちらの頬もこけ、額には汗が光っていた。

「雲の王は空人に怒りを抱いて出てきたのだ。どんな災厄に襲われてもそれは空人のせいなんだ。やつらの富で償ってもらえばいい。もしつべこべ言うようなら、戦だ！」

ライラとムウマは青ざめ、顔を見合わせた。

第二章

一

　ムウマとライラは先を急いでいた。岩と土の間を奔放に下っていた沢は、石で岸を固められた水路へと姿を変える。そこを流れる水は、緩やかな斜面に沿って開かれた無数の田畑に向けて注がれていた。

　ここでできる物を食って川人は増えてるんだな、とムウマが呟くと、虫みたいに言うな、とライラは不愉快そうに口を尖らせた。

「虫みたいに増えるなんて、すごいことだろ。山ではそんなに人が増えたらすぐに食べ物がなくなってしまう」

「でもここ何年かはだめだ」

　ライラが歩みを緩めて一枚の田に近付き、穂先を摘み上げた。よく見ると、花をつけていない。

「雨が多すぎる。それともう一つ。山で地揺れが増えてるだろ？　揺れるだけならいいんだけど、傾いて戻らないんだ。田畑が傾いて、長雨のせいで緩んだ土が流れてしまう」

　藁で編んだような粗末な家の集まりの中に、石を組み上げた堅牢な家が点々とある。ライラの姿を見ると、家の前で衣を干していた女たちが両手のひらを見せて挨拶をした。

集落の間を進むと道がさらに広がり、その先に土を盛り上げた小高い丘が見えてくる。その上には巨大な石で組まれた石垣が見上げる高さで築かれていた。

「あの石垣の上にアジが住んでるのか」

ムウマが問うと、住んではいない、とライラは答えた。

「あそこは聖地に祈りを捧げ、大事が起きた時に皆を集めて話し合う場所だ。普段は丘の向こう側にある屋敷で暮らしてる」

村人の中には、まだ不安そうに空を見上げている者もいる。雲の海は既に静けさを取り戻していた。丘の周囲には深い堀があり、それに沿って石垣を回り込むと、さらに賑わった一画へと差し掛かった。人々の多くはライラに気付くと道を空けた。

「揉め事が起きそうだ」

憂鬱(ゆううつ)そうな表情をライラは浮かべている。

「どうしてだ？　イリはわざと落ちてきたわけじゃない」

「わざとかどうかは関係ない」

苛立った様子でくちびるを噛む。

「戦になるかも」

「こんなことで？」

「こんなこと、じゃない。山には雲の王みたいな怪物はいないのか？　姿を見れば災いが起きるような」

ムウマはウカミダマで変わった自分の姿を思い出したが、口には出さなかった。

村の中心に近付くにつれ、アジの屋敷が見えてきた。他の家々よりもはるかに大きい。屋根は中央が高く盛り上がり、左右に向かって羽根を広げるような形になっていた。

「空人の大鳥みたいだ」

ムウマが言うと、ライラも見上げて、

「恵みはいつも空から来るから、アジの屋敷は鳥をかたどっている」

「だったらどうして空人と仲が悪いんだ」

「俺たちはあいつらと揉めようとしているわけじゃない。あいつらが折角収穫したものを持っていくし、空を荒らすから揉めるんだ。空が荒らされると天の恵みも減る。空と風の調子がおかしくなって、皆が飢える。飢えても空人は俺たちをたすけてくれるわけじゃないからな」

「川人だって島のあちこちを掘り返してるじゃないか」

「それは……生きるために必要なんだよ」

言い訳がましくライラは言うが、都合がいいなとムウマは不愉快に思った。

アジの屋敷の周囲には、数人の屈強な男たちが槍を持って立っていた。

「ドネル！」

その中でもとりわけ体の大きな男に、ライラは声をかけた。男はライラを認めると、槍を地面に伏せて膝をつき、両手のひらを見せた。川人の主従の挨拶らしい。川人はゆったりした衣を着ているが、この男は違う。手足が長いのは川人らしいが、胸板が厚く、衣の上に薄鋼の鎧（よろい）を身につけていた。

「お父さまたちは？」

二人は先に里へ向かっていた。

「ライガさまと山人のアジ、ドウマさまとの話し合いは間もなく終わる予定です。日が暮れれば歓迎の宴となりますので、準備をなさって下さい」

「気が乗らないな……」

「それも務めです」

ドネルは若い衛士を一人呼び寄せると、ライラと共に行くように命じた。

「ああ、君はここにいなさい」

ムウマがライラを見ると、首をすくめて頷いた。言う通りにしてくれということのようだ。

「ライラさまには宴での務めがおありだ」

「務め？」

「貴人の訪問の際には、必ずやらねばならない決まり事があるんだ。山人にもあるだろう」

「外から客があることは少ない。他の村人が来れば宴を開くくらいだ」

山での客はもっと気軽なものである。互いに険しい山道をたどり、たまたま出会った相手は素性がどうであれ歓待する。

干し肉や木の実があれば腹一杯食わせ、無ければ谷の水一杯で済ますこともある。迎えられた方も山の事情はよくわかっているから、たとえ出されたのが椀一杯の水だったとしても文句を言わない。

ライラが屋敷の横の小さな建物に入っていくのが見えた。

「君がアジの子だな」

気付くと、ドネルがムウマをじっと見つめていた。

「そうだ」

ムウマも視線を逸らさない。

「山人は武技に優れると聞く。我らアジを守る者は、川人の中でも優れた武術の腕と学問を修めていなければならない。里と人々を敵から守り、導かねばならぬ」

顎を上げ、値踏みするような表情を浮かべた。

「我らの客人の強さも、後学のために知っておきたいが、いかがか」

ドネルは先ほどより無遠慮にムウマを眺めた。

「貴殿は山人の中ではどういう扱いだ。勇者か」

「勇者かどうかはわからないが、カリシャだ」

「獣相手には自信がありそうだが、人が相手ならどうかな」

ムウマはドネルの粘(ねば)つくような視線がうっとうしくなって目を背けた。山中では他人にこのような振る舞いはしない。

「怖いか」

この男はこちらを狩ろうとしているのだろうか、とちらりとドネルの表情を見た。

「俺の右に出る川人はいない」

「お前、怖くないな」

素直な感想を言うとドネルの顔色がさっと変わった。

「ほう……」

いつしかムウマの周囲を衛士たちが取り囲んでいた。

「よほどの腕前と見える」

男たちは顔を見合わせて笑う。

「どうだ。力比べでもしてみないか。お前は山人のアジの子だ。勇者ではないと謙遜したが、実際は相当な使い手なのだろう」

ばかばかしくなって、ムウマはその場を離れようとした。だが、衛士たちが行く手を阻む。

「おい山の小熊。遊んでやろうと言うのだから、邪険にするなよ」

「小熊……」

ぼんやりと見上げたムウマの表情を見て、衛士たちは笑いだした。

「これはおかしい。小熊のようにかわいいやつだ」

一人の衛士が指をさして哄笑(こうしょう)する。ムウマはその指を摑んで、ひょいと逆に曲げた。鈍い音がして、一瞬後に叫び声が響き渡る。

「この山猿が！」

別の一人が怒鳴りつける。

「熊じゃないのか」

「どっちでもいい！」

殴りかかって来るのを難なく避けて間合いに入ると、ムウマは頭を突きあげた。顎を砕かれた衛士は悲鳴を上げることもできずにのたうち回る。次々と川人が飛びかかってくるが、熊の柔らかさと強さ、山猿の速さと聡明さで、ムウマは川人の精鋭たちを瞬く間に片付けてしまった。

「おい、山人のガキが暴れているぞ」

誰かがそう言って、さらに多くの衛士たちがムウマを取り囲む。槍や刀、弓を持っている者もいる。

「おい、山の連中は動きが速い。鹿を追いこむみたいに取り囲むんだ」

訳知り顔にそんなことを言う者もいる。ムウマは膝をたわめて跳躍し、数人の頭を飛び越えた。敏捷(びんしょう)な動きに川人たちはついていくことができない。

「どいつもこいつも情けない」

最後にドネルが腕を叩いて前に出る。ムウマもさすがに息が切れてきたが、川人たちの前で疲れたなどと口にするつもりはなかった。機先を制してムウマが間合いを詰めると、下がりながら足を払ってくる。苛立って突っ込むと身をかわして投げを打つあたりはライラと同じような身のこなしだ。それでもさすがに衛士の長だけあって、力も速さも他の者とは段違いで、ムウマも時に押されて息が上がり始める。

「やめろやめろ！　何の騒ぎだ」

ドウマが一喝するのが聞こえた。

「挑発されて喧嘩(けんか)を買っているうちは半人前だ。俺が見ていることにも気付かないのは、頭に血が上っている証拠だ」

引き離された後でムウマは叱られたが、衛士たちを指して反論した。

「あいつらが戦いたいみたいだったから」

「戯れと本当の戦いの区別がつくようになってこそ一人前だぞ」

そして山人のアジの後ろから川人のアジも顔を出した。

二

ライガは腕組みをしてため息をついた。

「山人の気質はよくわかっている。戦いを恐れることはないが、故なき争いを好む者たちではない。誰かこの喧嘩を見ていた者はいるか。仲間を庇い立てする必要はない。客人の前で真実を話さぬことは恥である」

その時、荒い息と共に汗をぬぐったドネルが立ち上がり、ライガの前に膝をついた。

「け、喧嘩ではございませぬ」

「では何か」

「ムウマさまは山の勇者。我らの知らぬ技をお教えいただいておりました」

ほう、とライガは楽しげに目を細めた。

「また悪い癖が出たのだな。ま、稽古をつけてもらったのであれば、何も言うことはない。ムウマよ、礼を言うぞ」

そう言われて、ムウマは慌てて礼を返した。

「さあ、話は終わった。堅苦しいのも終わりだ。山からの客を迎えて楽しい宴の時を過ごそうではないか！」

ライガは爽やかに言うと、川人たちも手を打ってそれに応えた。

やがて村人たちは総出で宴の準備にとりかかった。広場の中央には大人の背丈ほどもある木が井桁に組まれ、火が灯される。列席者の前には大小の椀が置かれ、着飾った給仕の少年たちが盆を捧げ持って客の間を回る。どの盆にも料理が山盛りにされており、好みの品を取り分けてくれた。

香草と焼けた肉の匂いが入り混じり、どれもが旨そうな湯気を立てていた。

「客人はこちらへ」

ドネルは先ほどの一件などなかったかのように、朗らかな表情でドウマたちを席へと案内した。

「宴までしばしお待ち下さいますよう」

ドウマの席は、館を背にして広場へ向けて据えられている。

「凶作だというのに、豊かなものだな」

ドウマはため息をついた。彼の座は石に精細な彫刻を施したもので、魚や鳥、獣が背もたれにびっしりと彫り込まれていた。

「こんなのに座ると尻が痛くなりそうだがな」

ドウマは苦笑しながら腰を下ろす。その隣りには、木組の簡素な椅子がある。簡素とはいっても、ムウマはそもそも椅子に座る習慣がないのでどうにも落ち着かない。地べたに腰を下ろそうとすると、

「ここは川人の地だ。勝手なことをするな」

低い声でドウマは叱った。

「それで、どうだった」

ドウマは慌ただしく、しかし楽しげに宴の準備を進める川人たちを眺めつつ訊ねた。

「どうって?」

ムウマは空人の少女のことがばれたのかと思って焦る。

「衛士どもは強かったか」

ムウマは胸を撫で下ろして答えた。

「そうでもなかった」

なるほどな、とドウマは背もたれに体を預けようとして、慌てて戻した。

「彫り物が凝っているのはいいが、もたれることもできない」

「じゃあ何のためにあるんだろう」

「見栄だな。平穏な日々が続くと、獣も爪牙を磨くよりも見た目を気にするようになる。この食い物だってそうだ。ただ口に入ればいいというものではない。美しく、味も良くなければならんのだ」

「僕たちとは違うんだね」

ムウマは、見た目こそ立派だが大した強さを感じなかった川人の衛士たちを、どこかで蔑んでいた。だが、ドウマはそれは違うとたしなめた。

「見栄を張るには豊かでなければならん。争いがなく平穏な日々を過ごしているということは、争いになる前に収められるゆとりがあるということだ」

そのゆとりが川人から失われつつある、とドウマはため息をついた。

「ゆとりを失えば人から奪うようになる。川人のように頭を使うことに慣れた連中は、時に獣よりも獰猛で恐ろしい。気を抜いてはならん」

「揉めたの？」

「立場の違う者が限りある島のことで話し合うのだ。時には激しくなる。川人の求めが限度を超えていてな。山からの流れが荒れているから、中腹から下の流れを任せて欲しいのだそうだ」

「山の中に入るということ？」

「お前も見たかもしれないが、川人は石組みの技や土を掘って大地の形を変える技に長けている。山の中の細流を集め、大きな池を山中に作ることで水の流れを操りたいのだそうだ。何とかしてやりたいとも思うが、さすがにな……」

ドウマは微かに渋い表情を浮かべた。

「それに、川人はこちらの了承を得る前に山に入っている気配があった。それを責めると話はそこで止まってしまった」

「戦になるの？」

「そんなことはさせないさ。そのために俺たちアジがいる」

ムウマは戦になろうと気にならなかった。川人でもっとも強いとされる衛士たちが束になっても、自分にはかなわなかったのだ。

「侮るなよ。川人の強さはしぶとさよ」

やがて宴の準備が整ったのか、慌ただしく動いていた者たちがすっと広場から下がっていく。居並ぶ者たちがそれぞれに着飾って席に着いた。

「あの衣で動けるの？」

ムウマが思わず訊ねるほどに、彼らは長い袖の衣を着ていた。時に袖口を整えるために袖を振るが、それがまるで鳥の羽ばたきのようである。

「動くための衣ではないからいいんだ」

ドウマの隣りに座ったライガが言った。

「綺麗だろ？」

何を使っているのか、炎の輝きを受けて生地がきらきらと光っている。

「星蜘蛛（ほしぐも）の糸を使ってる」

ムウマが驚くより先にドウマがびっくりしていた。

「強くて美しい。糸繰りをする娘たちは最初気味悪がっていたけどね。これで多くの衣を作ることができるようになれば、商いも大きくなる。商いが大きくなれば、人々はさらに豊かになれる」

ふうむ、とドウマは目の前に山盛りになったご馳走を眺めた。

「川人は色々と考えるのだな」

「技と工夫が我らの強みだ。そのうち空人のように飛べるようになるかもしれんぞ。その手だてを調べている者たちもいる」

「何と恐ろしいことを。互いの領分に足を踏み入れないのが掟だ」

「わかっている」

片目をつぶったライガは立ち上がる。客であるドウマとムウマも続いて立った。

「さ、宴を始めよう」

自らの杯に酒を注いだドウマは、息子にも飲むように勧めた。

「川人と付き合うなら酒も知っておいた方がいい」

山人の里にも酒がある。山ぶどうなどの実を、馬の胃をよく清めて作った袋に入れてしばらくすると、ほんのりと酒精の香る飲み物ができる。

「山の酒と同じ?」

「いや、そんなやわなものじゃないぞ」

杯の中をドウマは見せた。そこには透明な液体が入っている。山の酒と似ているが、その香りはさらに強く、鼻の奥へ流れ込んでくるだけで目眩(めまい)がしそうだった。

「これもお酒?」

「と言っても我ら山人の鼻にはいささか強烈すぎる香りだがな」

やがて、きらびやかな袖を翻(ひるがえ)したライガが、一同を見まわした。

三

「愛すべき我が人々よ」

といういライガの言葉に人々は、愛すべき我が長よ、と返した。

「ここに山からの客人を迎え、喜びの宴を開きたい。川は山から出でて村を潤し、やがて雲の海に至って空を彩る。一つの天を戴き、一つの雲の海に囲まれ、雲の海に残された唯一つの大地を共にする三つの民に栄えあれ」

美しい声と言葉だったが、ムウマが隣を見るとドウマはつまらなそうな顔をしている。息子の視線に気付くと、慌てて厳めしい顔を作った。

「おきまりの挨拶だ」

と小声で囁く。

「誉められてるのかと」

「客への礼儀というやつだ」

だから本心から言っているわけではない、とドウマは言う。

「ただ、考えうる限りの美しい言葉で相手を飾るのも礼儀というものだ」

「喧嘩を売ってくるのもそうなのかな」

「強そうに見えるんだろう。だが、挑発には乗るなよ」

面倒だな、とムウマは手に持った杯の中を覗き込んだ。透明な酒の中に月が浮かんでいる。空を見上げると、雲の間に丸い月が浮かんでいた。

杯の中に月がすっぽり入っているのを見るのは愉快だった。

「それでは、山と川に暮らす者に幸多きことを祈り、聖峰アマンディ、そして偉大なる王神にこの杯を捧げよう」

ライガは一気に飲み干し、一座に空となったことを示して見せる。

「ムウマも一杯は飲んでおけ。最初の酒は天地とアマンディの山に捧げるという建前だ」

言うなりドウマも杯を空けた。彼が酒を飲み干したのを見るや、一座の者が次々にやってきて献杯していく。中にはムウマに飲ませようとする者もいたが、

「彼はまだ子供ゆえ、失礼を」

と言って断った。子供扱いは嬉しくないが、強い酒精が膝から力を奪っていく。

「座っていろ」

平然と杯を受けつつ、ドウマはそう命じた。

腰を下ろすと、目の前がぐるぐると回り出す。先ほどまで空腹で、目の前のご馳走をすぐにでも頬張りたかったのに、食欲も失せていた。

「腹が空いている時に強い酒は効くだろう」

ひとしきり献杯を受け切った後、ドウマは悠然と言った。

「父さんは平気なの」

「俺も苦手だよ。でもやりようがある」

豪奢(ごうしゃ)な椅子の下を指した。そこには小さな桶(おけ)が置いてあり、酒が満たされていた。川人の若者がそれをどこかへ持って行く。

「山のアジが酔ってひっくり返るわけにもいくまい。杯を受けるのは礼儀、酒を捨てるのは礼儀

に伴う致し方のない犠牲だ。もったいないがな」

宴の気配が変わってきた。二人のアジに遠慮しがちに見えた川人たちが、やがて大きな声で笑い、歌い始める。

「高歌放吟というやつだ」

川人のアジはドウマの隣りで真っ赤な顔をしていた。

「あんたは全部飲んでるのか」

ドウマは驚いた表情でライガを見る。

「俺は里の酒が好きなんだ」

「捨ててすまんな」

「いいんだ。お前に注がれるのは付き合いの酒、俺が飲んでいるのは好きの酒だ」

楽しげに話す二人の様子を見て、ムウマは内心ほっとしていた。

「そういえばムウマよ」

ライガが身を乗り出して訊ねてきた。

「川人の宴に出たことはあるか」

ムウマは首を振る。

「これより始まる余興はなかなか楽しいぞ」

「ライラが出るのですね」

そう、と頷いてライガは深く椅子に腰かけた。

「何をするか聞いているか？」

答える前に、広場を照らす火がふと小さくなった。蚊の飛ぶような音が耳元でする。ドウマが肩を叩くのでそちらを見てみると、弦を張った楽器を奏でる楽人が数人、広場の隅に座っていた。

山人も宴の時は弦を弾き、木笛を吹く。川人の旋律は、弱く、そして細やかだった。だがその繊細さは、徐々に艶（あで）やかなものへと変わっていく。しばらく音に身を委ねていると、再び火がかっと燃え盛った。

炎を背に一つの影が躍り出る。一座の者から、ほう、というため息とも歓声ともつかない声が放たれた。

炎の前で踊り始めたのは一人の少女だった。すらりとした長い手足には、ライガと同じく輝く糸をあしらった長い袖がついている。袖と手足と、そして柔らかそうな長い髪が心を浮き立たせる調べと共に縦横に舞う。

「綺麗だ……」

ムウマは思わず口にしていた。ライガはそれを聞いて嬉しそうに目を細める。

「そうだろう。舞いを見るのは私も久しぶりだが、実に美しい」

踊り子は口元に微かな笑みを浮かべ、陶然（とうぜん）と歌舞の世界に没入している。その表情はただ美しいだけではなかった。自分も共に踊り、歌いたくなるような、不思議な力を持っていた。

それは、ムウマだけが抱く感慨ではないようであった。それまで酒と料理を楽しみ、笑い騒いでいた者たちが杯を置き、広場へと足を踏み入れている。

そして少女の踊りに合わせて、手足を舞わせ始めた。

「さて、私も行こうかな。ドウマ、踊ろうじゃないか」

ドウマも頷いて立ち上がる。二人のアジが仲良く手をとって踊り出すのを見て、広場にいる男女も喝采を送る。ムウマも楽しい気分で見ていたが、やがて奇妙なことに気付いた。

人々の視線を一身に集める踊り子が、時にムウマを見るのだ。その一瞬だけは、なまめかしい笑みを収めて、疲れたような、諦めたような表情を浮かべるのだ。

踊りの輪に加わろうとしたムウマは、その表情を見て気がそがれてしまった。

やがて曲調が一段と激しくなり、皆は手足を振り回して踊る。踊り子に操られるように踊り、やがて曲が終わると、多くが膝に手を置いて荒い息をついた。中には座り込んでいる者もいる。

人々は立ち上がり、踊り子に拝礼した。宴はそれで終わりらしく、皆それぞれ満足げな顔で広場から去り、踊り子の姿もいつしか消えていた。

「客殿はあっちだ。俺は疲れたから寝るよ」

爽快な顔で息子の肩を叩いたドウマは、酒をそんなに飲んでいないはずなのに千鳥足で歩み去る。宴の片付けは明日にするのか、料理などは半ば残ったままである。広場の焚火もすっかり小さくなり、周囲の闇をわずかに照らしているのみだ。

楽人たちが去ると、広場の人影は絶えた。

「もったいないな……」

ムウマは呟くと同時に、ウタギで腹を空かせているであろう空人の少女のことを思い出した。

干し肉や米の炒(いた)めたものなどを、誰も使っていない椀や皿に盛る。

宴の様子や舞に見惚(みと)れてほとんど食べていなかったのを思い出し、ほんの少しと口に入れる。頬がきゅっと締まるような、強い味がする。甘味と辛味、そして脂(あぶら)の旨味が一体となって、思わず貪(むさぼ)ってしまった。

「山人の少年はよく食べるのだな」

気付くと、衛士の長が前に立っていた。

「緊張してあまり食べられなかった」

「それはそれは。山ではこのようなご馳走も食べられないだろうからな」

どこか癇に障る言い方だ。

「うん。こんな贅沢な食事、初めて口にする」

「どうぞお好きなだけ。何ならもっと大きな入れ物など用意いたしますぞ。山には腹をすかせた者たちが多く待っているのだろう。数日経って多少腐ってもあなたがたの頑健な胃袋でしたら問題ありますまい」

ムウマはさすがに立ち上がった。

「山人は無用な喧嘩をしない」

ドネルは身構えて数歩下がった。

「山の男は互いに見ればどちらが強いか一目でわかる。一度強弱がわかれば、譲るところは譲るんだ」

だから変な挑発はしないで欲しい、と頼んでいるつもりであった。

「確かに、先ほどは貴殿が強かったですな」

ドネルは両手を広げて言った。

「山人のその強さは実に有益なものだ。どうだろう、山のアジの息子よ。山は川の知恵と導きのもと、より豊かな繁栄を得るというのは」

意味がわからず、ムウマは首を傾げる。

「今回、山のアジがここを訪れた理由を聞かされていないのか」

ムウマが黙って見つめていると、

「山と川の明日をどうするかを話し合うために来たのだ。昨今、大雨が続いて山は荒れ、川人も苦しんでいる。しかも、天候は不順で作柄も悪い。ここでひとつ、川は山を導き、川は山の守りを得てさらに強くなろう、ということさ」

陶然とした表情で言った。

「山が荒れていることは父さんから聞いたけど、川が山を導くなんてことは知らない」

「そりゃ子供の貴殿には言わないだろうよ」

「だったらどうして僕に教える」

「それは、貴殿が勇者だからさ」

ドネルはムウマの頭を撫でようとする。ムウマはその手を払いのけ、睨みつけた。

「そう怖い顔をするな。いずれわかる」

宥めるように言って、ドネルは去っていった。

帰ろうとしてふと足を止めた。多くの人が広場の周囲に集まっている。ムウマがそっと木陰に身を隠していると、人々が宴の残りものに群がった。

宴に列していた者たちよりも随分と痩せ、貧相な衣を身にまとっている。両手で口に詰め込めるだけ詰め込んでいる者たちの後ろから、衛士の怒声が聞こえてきた。人々は両手に抱えられるだけの食べ物を摑み、闇の中へ逃げ散ろうとする。

宴の華やぎに一瞬忘れてしまっていた。山の仲間たちと同じく、川人も多くが飢えている。

「大丈夫。欲しいだけ持っていってくれ」

文句を言いかける衛士たちを睨み、ムウマは逃げかけていた人々の背中に声をかける。闇の中に姿を消した痩せた影が次々に姿を現した。その数は、宴に出ていた者たちよりもはるかに多い。彼らは身に付けていた衣を脱いだ。あらわになった体には肋が浮いていた。

人々はあるだけの食べ物を衣に包むと、早足で去った。

四

己に腹が立つ。山が荒れ、田畑が荒れて飢えた人が多くいるのはわかっていたのに、宴の華やかさに流されて忘れていた。

月はさらに高くなり、ちらほらと浮かぶ雲をほの白く照らしていた。その光の下には、我が家とする山がある。無性に帰りたくなった。仲間たちがそっけなくとも、深い緑の中にいれば全てを忘れられる。

もう寝よう、と宿館へ向かおうとした時、その隣の建物からライラが出てきた。

「まだいたのか」

随分とくたびれた声だ。

「ライラを待ってたんだ」

ムウマが言うと、

「俺を?」

どこか慌てたようにライラは目を背けた。

「余興に出てるって言うから、楽しみにしてたのに」

「出てたよ。炎の前で踊ってたの、俺だよ」

「あれ、ライラなのか」

ムウマはまじまじとライラを見つめた。確かに背格好は同じだが、踊っている時のライラは柔らかく、艶やかだった。

「アジの子は神々に捧げる舞を舞うことになってる」

「でも女……」

「俺は男だ」

ライラはそう言うと、手元の皿に手を伸ばした。そして肉と米を椀に盛ると猛然と食べ始めた。

「踊る前には食べないのか」

「踊る時にお腹が出てたら美しくない。踊り手は美しく踊るのが作法なんだ」

「作法とか礼儀とか、川人は面倒が多いな」

「俺たちは数が多いし、そういう決まり事で縛った方がまとまりやすいんだ」

乾いた口調で言うと、ムウマの前の杯を乾して、むせた。

「これ、酒じゃないか」

「ライラは飲めないのか」

「苦手。そういうムウマだって飲めないだろ」

挑むような目つきで言われたムウマは、半分ほど残った杯を一気に空ける。

「へえ」

ライラは驚いたように目を丸くした。

「宴の時は飲んでなかったのに？」

目が回って腰を下ろしてしまう。目の前のライラの手を咄嗟に摑むと、腕の中に倒れ込んできた。柔らかな香りがして、ムウマは大きく息を吸い込んだ。

「ライラ、タツナミの花みたいな匂いがする……」

「な、なんだ、タツナミって」

「春に咲く花」

ライラは顔を赤くして立ち上がり、だらしないな、と吐き捨てるように言った。

「酒の飲み方を知らないとは子供だな」

「お互い様だろ」

ライラはむっとした顔のまま、食べ物を集めて皿に盛り、ムウマに押しつけた。

「イリの所へ行くなら、俺も行く」

「踊って疲れたんじゃないのか」

「ウタギにムウマだけで行かせるわけにはいかないだろ」

そう言うと、懐から小さな袋を取り出して、ムウマの鼻に押しつけた。

「タツナミは知らないけど、踊り手はマリカの香り袋を持つことになってるんだ。楽人の奏でる音と、俺が振りまく光と香りを神に捧げるんだ」

「そうなんだ。見惚れてたよ」

「そ、そうか」

ライラは不機嫌そうな表情を、ほんの一瞬崩した。

五

一度寝たふりをした方がいいというライラの提案に、ムウマも頷いた。

「じゃあシビの正刻に、ウタギの入り口でいいか？」

「わかった」

時の数え方は山も川も変わらない。一日を十二の刻に区切り、始めの六刻を魚、後の六刻を鳥で表す。シビの正刻は夜明け前を指していた。

ライラは手を振ってアジの館へと帰った。ムウマも宿館へと入る。アジの館の傍らにあり、四本の太い柱に支えられた分厚い床の上に、客用の部屋が設えられている。

磨き上げられたように滑らかな木の階段を足音を消して登り、大いびきで眠っている父の隣りに身を横たえる。ふと、懐の中に何か入っているのに気付いて取り出すと、ライラの香り袋だった。

そっと鼻に近づけると甘い香りがする。だがそこで我に返った。ライラは川人のアジの「息子」である。

次に、空人の娘の顔が浮かんだ。足の怪我は治るまでしばらくかかるし、それまでは痛みも激しいだろう。早く行ってやらねばとも思うが、未明に動くのがやはり安全だ。

嵐の中でも眠れるはずなのに寝つけないまま、約束の時間が近づいてきた。

「……どうした」

体を起こすと、ドウマが寝ぼけつつ声を掛けてきた。

「ちょっと厠（かわや）に」

「すぐに戻れよ。ああ、ムウマ」

「何？」

「いいカリシャになれよ」

そう言うと、ドウマはまたいびきをかいて眠りに落ちた。すぐには戻れないんだ、と内心呟きつつ、ムウマは館を出た。狩りの時のように足音を立てず、村を出てウタギに向かう。

ふと後ろを振り返った。

何か気配を感じたわけではない。ただ、振り返れと本能が告げた。やはり気配はない。だが背後には気をつけなければならない、と慎重に進む。

ウタギの入り口に着くと、ライラが不安そうに待っていた。

「遅いよ」

「まだシビの正刻じゃないだろ」

「いや、そうだ」

山人も川人も時の感覚は鋭い。互いに正しいという自信があった。

「そんなことで揉めてる場合じゃない」

ライラは両手を挙げた。そっちが吹っかけてきたんだろと思ったが、ムウマも黙っている。今はイリのもとに行ってやらねばならない。

「ライラ、誰にも気付かれなかったか」

「大丈夫だと思う。衛士にも気付かれてないはず」

ムウマはもう一度後ろを振り返った。呼吸を鎮め、遠くまで気配を探る。何かが気になるのに、何もない。

「どうしたの」

「……何でもない」

ムウマは食事の入った布包みを担ぎ直す。籐(とう)で編んだ籠の中に、鳥を焼いたものと果物、蒸したもち米が入っている。宴に出ていたものだ。

「食べてくれるかな」

ライラは心配そうに言った。

「生きる気があるなら食べるだろう」

山では口にしたことのない複雑な味だった。甘味も辛味も山の中で味わうことができる。口の中で変化し、蕩（とろ）けて喉を過ぎる感覚は初めてだ。だが、手の込んだ料理と、残りものを漁っていた人々が、うまく重ならない。

ライラはムウマの疑問がうまく理解できないようだった。

「人々がアジに収穫したものを納めて、アジはアマンディに納めたり人々のために使ったりする。人を使うためには富がなきゃいけないだろ」

「人々が飢えてもまだ取るのか」

「なるべく飢える人が少ないように手を打ってる」

ライラは面倒そうに答えた。

「足りてないだろ」

「不作だから仕方ないんだ。アマンディも負けてはくれない。雲と風の恵みを司る聖なる山に逆らうことはできないだろ。皆不満だけど、我慢してる」

雲の間から月が覗いている。

「夜は晴れるのに、昼は雨が多いから不作になるんだよな」

ライラは忌々しそうに言った。空は風が強いのか、月明かりを受けた雲が形を変えながら流れていく。やがてウタギの滝の音が大きく聞こえてきた。イリが落ちた崖の上はひっそりと静まり返っている。

「寝てるのかな……」

ライラは頭上を見上げた。

「寝てて欲しいな。眠れるならまだましだ」

昼間、ムウマは蔦で編んだ即席の縄を作っておいた。崖の横の茂みからその先を取り出す。

ライラは長い手足を使い、順調に登って行った。ライラが登りきったのを確かめて、ムウマも縄に手をかける。その時、

「ひゃああ」

と間の抜けた悲鳴が聞こえた。見上げると、ライラの背中がわずかに見える。

慌てたムウマが一気に崖をよじ登ると、短剣を構えたイリが突っ込んできた。ライラの前に出て両足を踏ん張る。

「イリ、落ち着け！」

足を痛めているイリの踏み込みは、正面から見ればゆっくりしたものだった。ムウマはその手首を摑むと、簡単に捻って倒した。

「飯を持ってきたのにそれはないだろ」

ライラはムウマの背中ごしにイリを睨みつける。

「空人はやっぱり野蛮だ」

「寝てる所に急に踏み込んできたのはあなたです」

「ここは川人の土地だ」

ムウマは担いできた布包みから、籐の籠に入った宴の残り物を並べる。

「飛んだり跳ねたりしたせいで、綺麗じゃないけれど」

警戒しているのか、イリは中々手をつけようとしない。

「川人だって食べものに不自由している。空人はどうか知らないけど」

そう言うライラを見つめたイリは、やがて先が二股に割れた食器を手に取った。

「……礼を言います。空の恵みも同じです。最近は天魚の数が随分と少なくなりました」

「俺たちから山ほど食料を取っているだろ」

「全て山に納めます。私たちの手元には残りません」

「そんなこと知るかよ」

「知らなかったのなら素直に謝ったらどうですか」

ライラは怒りのやり場を見失って視線を宙にさまよわせた。イリは表情を消し、食べ始めている。

「怪我はどうだ?」

ムウマは沈黙など苦にならないが、そう問いかけた。

「一夜も経ってないのですから、まだ治りません」

「何だよその言い方」

ライラがつっかかった。

「問われたから答えただけです」

イリは食事の手を止めない。

「しかも問うてきたのはそこの山人で、あなたではありません」

「かわいくないやつだ」

ライラは腰に手を当て怒っている。

「崖を登るたびに怖がればかわいいのですか。山人の長の子に良く思ってもらうには、己の弱さを見せるのがいいのですね。まさか山人と川人で結婚でもするのではないでしょうね」

　ムウマは首を傾げた。

「結婚？　空人は男同士でも夫婦になれるのか」

　ムウマの言葉を聞いて、イリは笑い出した。

「この子は女の子ですよ」

「どうしてわかるんだ」

　ライラを男の子だと信じこんでいたムウマは驚いた。

「山人は獣を見るのには長けていますが、人を見ることには慣れていないようですね。ライラは川人で私は空人ですが歩き方、声、体つき、どれをとっても私と同じです」

　ライラはちらりとムウマを見た後、イリを睨みつけた。

「関係ないだろ。俺はアジの息子として立派にやっている」

「息子として生きているのに、時に美しい少女として舞わなければならないのですから、何か事情があるんですね」

「何故それを？」

　苛立ちを抑えるようにしてライラは訊ねた。

「空人は鳥の声を聴くことができますから」

　イリが鳥笛を吹くと、空がさっと曇った。風音とは違うざわめきと、軽やかな囀りが一群となって頭上を覆う。瞬く間に数百羽の鳥が集まっていた。イリが指を舞わせると鳥たちは花の模様を作ったり、大きな一羽の鳥に姿を変えて見せたあと飛び去っていった。

「見事な舞いを披露して、立派に『息子』の役割を果たされたではありませんか」

ムウマはライラの瞳が潤んでいるのを見て驚いた。

「……空人はやっぱり心のねじ曲がったやつだ。皆の言ってる通りだな」

「私だってこんな所にいたくはありません。川人が島中を切り拓き、それに山人を巻き込もうとしている噂も聞いています。島の恵みが乏しくなっている理由に心当たりがあるでしょう」

「心当たりなどないし、その良からぬ人たちの大切な食料を、お前は口にしてるんだぞ」

ライラはイリの鼻先に指をつきつけて言い返した。睨み合う二人の間に割って入ったムウマは、ともかく食事を終えるように言った。

「また明日食べ物を持ってくる。行こう、ライラ」

ライラは悲しみと怒りの混じった表情のまま頷く。そのまま崖を下りようとしたムウマは動きを止めた。

「誰か来る」

ムウマの耳は、崖の下に近付く多くの足音を捉えていた。

「ライラ、ここから逃げられる抜け道は？」

「あるけど、怪我人を連れて通るには狭いぞ」

周囲を見回すと、イリを匿っている洞窟の周囲は険しい崖と深い藪になっていて、自分一人ならともかくライラとイリを連れては逃げられない。

「隠れる場所は？」

「ある……いや、ない」

ライラは激しく首を振った。

「あるんだな？」

「ここはウタギだぞ。隠れる場所なんかない」

ムウマはライラがちらりと滝の方を見たことに気付いた。崖の縁から身を乗り出して、様子を探る。滝は激しい音と水煙を立てて滝壺に落ち込んでいる。日が昇り始めて、水に濡れた岩肌を照らし始めていた。

「何もないから」

ライラがムウマの腰の辺りを引っ張った。

「これ以上穢（けが）すのは許されない。あの先には『窯』があるんだぞ」

ライラは青い顔をしてムウマに詰め寄った。そしてムウマも『窯』があると聞いて怯（ひる）む。

「穢すつもりなんてない。怪我をしているイリを守りたいだけだ」

その時、足もとが大きく揺れた。

「地震……？」

ライラが辺りを見回している間に、イリが足をひきずってこちらへと近付いてきた。

「水が止まってる」

震える声でライラが言う。地揺れのせいか滝の流れは止まり、向こう側に大きな穴が開いているのが見える。滝壺とは違い、斜め下に延々と続いているようであった。『窯』だ。

「穴は深いか」

イリが頷いたのを見て、ムウマは滝の穴を見下ろせる岩の上に登った。おかしい、とムウマは奇妙に感じた。人がみだりに入ることを拒むウタギのはずなのに、無数の足跡がある。

近付いて調べようとした瞬間、穴の向こうから猛烈な熱気が立ち込めてきた。ミリドが落ちたのもこんな『窯』だった。ライラのもとへと戻ると、膝をついて呆然としている。

「『窯』が目覚めた……」

白煙が数度吐き出されたのに続いて、熱く潤いを帯びた風が吹き荒れた。

その様に驚いたのか、崖の下からざわめきが聞こえる。

「拝所にいる者、早く下りてこい。それ以上ウタギを穢すことは許さんぞ！」

ドネルの怒声が聞こえてくる。

くちびるを噛んで白煙を見ていたイリは、ウタギに背を向けた。そして足を引きずり、崖の方へ身を乗り出すと、

「私は空人のイリ・ウラガンです。思わぬ事故によって川人のウタギに落ちてしまいました。乗ってきた大鳥はすでに死に、私も足に大けがを負っています。どのような責めも受けます。できれば空と川、山の間に軋轢が生じぬよう、心配りを願いたい」

大人びた口調で、堂々と呼びかけた。崖の下では『窯』の異変を察知して大騒ぎとなっている。川人たちがやかましく何やら話している声がしていたが、やがてそれも収まった。

「これ以上のことが起きれば、私が死ぬだけでは済まなくなります」

硬い表情でイリは言った。下りてこい、と川人たちの険しい声が聞こえてきた。

イリは胸を張り、

「これから下ります」

と言葉を返していた。

「ムウマ、私を背負って下りてください。ここへ落ちてしまったのは、全て私が未熟だったせいです。風と共に生きる空人でありながら風を読み間違え、一生の友となるはずだった大鳥を守れなかった。どの道裁きは受けなければなりません」

「そうか……わかった」

ムウマはイリの前にかがみ、背負ってやる。そして、先にライラに下りさせた。イリの体は鳥の背に乗って飛ぶためなのか、思った以上に軽く細かった。ライラとは違う、素朴な香りがした。

崖の下に着くと、ドネルたち衛士が槍を構えて二人を取り囲む。イリが一歩前へ出ると、瞬く間に縛り上げられた。

「おい、その子は足を怪我してるんだぞ」

ムウマの声に衛士たちはぎょっとした顔をしたが、やがてムウマも縛り上げられてしまった。

第三章

一

　いつしかぐっすり眠っていた。牢（ろう）は川人の里の中央、アジの屋敷から程近い所にあったが、茂みの先に隠されるように建っていて入れられるまで気付かなかった。何者かが近付いて来たのに気付いて身を起こすと、二人の衛士が牢の鍵を開けていた。窓から空を見ると、夜明けの明るさであった。

「客人の子として、お前には特別のはからいがなされる」

　ムウマを起こした兵の後ろから、ドネルが顔を出した。

「僕の後をつけていたのは、あんたか」

　ドネルはくちびるの端を上げた。

「山人、お前は狩りをする時、獲物に狩り方を教えてやるか？」

「いや、教えない」

「そういうことだ。お前は山のアジの子だから縛られないが、裁きは受けなければならん」

「ライラとイリは」

「先に行っている」

三人はそれぞれ、違う独房に入れられていた。ムウマは父に事情を話そうとしたが、それはかなわなかった。

「事情は後で話せ」

と伝えられたきりである。

ドネルが空を見上げた。

「空の奴らが来たな。耳障りな音だ。空人の子が俺たちのウタギを穢したんだ。『窯』の怒りもむべなるかな。ただですむわけがない」

大鳥は徐々に高度を下げ始めた。ドネルはぐっとくちびるの端を上げた。

「ともかく、面白いことになるぞ。三人のアジが集まるのだ」

「何も起きない方がいいだろ」

「そんな暢気（のんき）な時代はもう終わりだ」

皆が望まぬことを、この男は望んでいる。それが奇妙だった。

「ウラガン家は空の名家だ。まさかそこの娘が落ちてくるとは、本当に面白い。何も起こらなかった日々が変わるのだ。待ちかねていた変が、ようやく起きるのだ」

ウカミダマを求める者は変を呼ぶ。

ムウマの脳裏に占い師の老婆の言葉が甦（よみがえ）った。

やがてムウマは村の広場へと引き出された。昨夜の宴の場となった場所なのに、華やかで穏やかな気配は消え、集まった人々の間には張り詰めた空気が満ちている。

広場の中央には縛られたライラとイリが座っていた。イリは昂然と前を向いて動かず、ライラは青ざめた顔できょろきょろして落ち着かない。ムウマはライラの隣に座るよう促された。

「暴れるなよ。もし暴れたらお前の父親ごと殺さねばならなくなる」

もしそうなっても父と自分が殺されるとは思わなかったが、ムウマは頷いておいた。ドネルは部下の耳打ちを受けてその場を去る。

「空人のアジも来るのか」

ムウマが訊ねると、イリは首を振った。

「空人のアジは聖地アマンディの王神となるのが務め。来るのはアジの代理です」

「ていうか、イリはアジの子だったんだな」

「ムウマもでしょう」

「山、川、空のアジの子が揃って裁きの場にいるなんて」

ムウマは人々から向けられる敵意を興味深く見ていた。

「悪いのは全て私です。ライラとムウマは私に脅されて助けたことにしてくれていい」

「ふざけるなよ」

憤然と言ったのはライラだった。

「罰を受けるのは怖いが、嘘はつきたくない」

「脅かされるとすぐに嘘をつきそうなのに」

挑むようにイリは言ったが、ライラは首を振った。

「川人の男は……アジの子は、偽りなど言わない。お前こそどうなんだ。わざと落ちて川人のウタギを穢しに来たんじゃないのか」

「私がわざと川人のウタギに落ちた……」

ばかばかしい、とイリは珍しく顔を紅潮させた。

「何のために？　他の民のウタギを穢そうなど、考えたこともありません」

「そうだよな。俺だってそう思うよ。イリが雲の王に追われてどう飛んだか、俺とムウマはこの目で見てる。大鳥の御し方は知らないけど、鳥の飛び方は知ってる。あんな風に落ちるのはわざとじゃない」

「私を手懐(てなず)けようとしてもそうはいきませんよ」

イリは警戒心をあらわにしてライラの顔を見据えた。

「嘘をつくのが嫌いなだけだ。そして、三つの民が争うようなことになって欲しくない」

「意外としっかりしたことも言うのですね」

「意外とは余計だ」

やがて、ライガが広場の正面へと出てきた。人々が腰をかがめ、両手のひらを見せて挨拶をした。その両隣りに、山のアジと空のアジ代理が腰を下ろす。二人とも苦り切った表情をしていた。

「裁きを始める」

ライガの声は、昨夜と一変していた。

「昨日のまだ日も高きトビの刻頃、空人の一団が我らの村のほど近くで狩りをしていた。相違ありませんな？　空のアジ代理、イリキどの」

小柄だが眼光鋭く、周囲を圧するような威厳を備えた空人にライガが訊ねると、イリキと呼びかけられた男は頷いた。イリと同じように無数の羽毛を誂(あつら)えた衣をまとい、その表面は漆黒の羽根で覆われている。

「間違いない。我らは昨日の昼間、天魚の群れが出たとの報を得て、このあたりの空域までやってきた。厳しい鍛錬を乗り越えて空をかけることを許された狩人たちが、狩りを行っていた」

「その結果？」

ライガが先を促すと、イリキは鋭い視線を向け、再び口を開いた。

「狩りのさなか、一人の未熟な狩人が雲の王のなわばりへと羽根を入れてしまった」

広場に集まっている者たちの間から、囁き声が湧きあがる。ライガは手を上げて止めさせ、さらに続きを求めた。

「雲の王を見れば、まず逃げなければならない。捕えられて生きて戻った者はない」

「なるほど、民の命は大切だろう。鍛錬をくぐり抜けた狩人を極力失わぬよう導くのは理解できる」

しかし、とライガは声を強めた。

「川人の地を飛ぶのであれば、どこにウタギがあって、入ってはならないかくらいは教えておくべきではないか。しかも、長年眠っていた『窯』の一つが怒りを表した。川の神々の怒りと捉えるべきだろう」

「それは、確かに……」

イリキの表情は苦り切っている。

「ただ、これだけはライガどのにも川の民たちにも理解してもらいたい。我らは川人の地を穢すつもりは毛頭なかった。イリがウタギに落ちてしまったことは心からお詫びしたい。イリは我がアジの娘ではあるが、どのような罰も受ける」

「空のアジはこの島全てを統べる王神だ。その娘であっても、川人の法によって裁かれることを認めるか」

　イリキは苦い表情のまま、頷いた。

「そしてドウマどの」

　ライガは山のアジに体を向けた。

「我ら川人は山人の広大な地を尊重し、ウタギも含めてなるべく近寄らぬようにしてきた。それも全て、山人が敬う聖なる地を穢さぬよう、という心遣いからくるものである。しかるに」

　長い指をムウマに向ける。

「貴方の子はウタギの境を軽々に踏み越えただけでなく、聖地の深奥へと至った。これはいかなる存念によるものか」

「何の言い訳もない」

　ドウマは息子をじっと見つめて言った。

「理由なく入ったわけではないだろう。イリという空人の娘が落ち、その傷を心配してウタギの中に入ってしまった。だが、自ら入る前に、ライガどのをはじめ川人の誰かに相談すべきだった。その愚かさに言い訳はない」

　重い口調で言い終わると、瞑目した。ライガは頷き、広場を埋め尽くす人々を見まわす。

「先にイリキどのとドウマどのを責めるような形になってしまったが、我らに咎がないわけではない。これなるライラは……」

　そこで一度言葉を切った。

「我が子であり、川人の掟に通じていながら掟を破った。イリとムウマは他の民でありながら川人のウタギを穢した。その罪は重いが、まだ汲むべき事情がある。だが、ライラには汲むべき事情がない。むしろ、ムウマとイリを罪から救い出すべく手を尽くすべきであった」

広場を重苦しい空気が覆っていた。

「これなる三人が犯した罪は、私一人で裁いてよいものではない」

この言葉に、人々は不満の声を上げた。

「ウタギが穢されたのですぞ！」

「許すな！　戦だ！」

野次も飛ぶ。だが、ライガはじっとそれを聞き続け、声が収まるまで待った。

「軽率な言葉は許されぬ」

ライガの威厳に、人々がぴたりと静まった。

「我ら川人は山と空の間にある狭くとも豊かな地を与えられた。岩を起こし、木々を払い、豊かな土を作り上げて版図を広げてきた。人は増え、あらゆる野に川人の村が拓かれた。肥沃な野に支えられた我々には、豊かさという宝ができた。ではその豊かさはどこからもたらされたのか」

川人のアジは一度言葉を切った。

「田を潤し、我らの渇きを癒す清水は全て山から流れ出ている。よいか、全てだ。山人は山の全てを知り、その恵みなしに川人は命を保てない。そして山を潤す水はどこから来るか。それは全て空から降る。これも全てだぞ。そして空人は島全てを統べる聖地アマンディを祀る任についている。それを忘れてはならぬ」

「山人も空人も、我らの手による作物や道具で暮らしを支えているだろ！」

誰かが声を飛ばした。

「それも間違いない。だからこそ、三つの民のうち一つが傲慢(ごうまん)になってはならぬ」

不満のざわめきが人々の間を行き交った。

「互いの地を尊重し、みだりに交わってはならない。不用意に交わればこのように諍いの元となる。そして諍いになった時には、我らには頼るべき者がいる」

イリがはっと顔を上げた。先ほどまで唾を飛ばして罵声を上げていた川人たちも押し黙った。

「民にことあればアジが決す。国にことあれば聖地アマンディの王神さまが断を下す。我らが島の安寧はそうして保たれてきた。今、空人の子が川人の聖地を穢し、その罪を川人と山人のアジの子が隠そうとした」

ライガの言葉に人々は聞き入っていた。

「島の全てを司る王神に面倒をかけるのは私としても本意ではない。ただ、川、山、空のそれぞれが禁忌を破っているとなれば、互いに裁くことは妥当ではないと考える」

川人たちから怒声が上がった。

「私たちに咎がないのに、何故王神の裁きを受けなければならないのか」

という声が圧倒していた。

「悪いのはそこの空人と山人の子であろう！」

ひと際大きな声で主張しているドネルに、皆が頷いている。

「ライラさまはそこの二人に唆されて禁を犯しただけだ。我らのアジの子が王神の裁きを受けるとなれば、面子が潰れるではないか」

「では、山と空の面子はどうなるか」

ライガの言葉に、ドネルは黙り込んだ。

「空と川と山と、この地に住む者たちは等しくその恵みを受け、それぞれの務めを果たしてきた。

事情も定かでないのに一方の理非を定めることはできない」

「山と空のやつらは嘘をついているのです」

ドネルが食い下がる。

「どうして偽りだと言いきれる」

「山人のような知恵も道義もない連中の言葉なんか信用できますか」

ライガはため息をついたが、川人たちはドネルの言葉に賛同の声を上げた。

「やめんか恥ずかしい。では誰が、ムウマとイリを裁くのだ」

アジが一喝しても川人たちは容易に口を閉ざさなかった。

「ここは川人の土地だ。裁くのは我らだ」

「我らとは誰のことか」

「それは、我らの主たるアジだ」

「そのアジである私が、王神さまに裁きを委ねると言っている！」

その一喝にドネルはそっぽを向いた。彼の言葉に賛同の声を上げていた者たちも、一様に黙り込む。人々が静まったのを確かめ、ライガは再び口を開いた。

「よし、それでは彼ら三人の裁きをアマンディに委ねることに決する。三人の出立は明朝。アマンディへの連絡は空人にお頼みしたい。アマンディの大鳥たちが一晩と経たずやってくるだろう」

イリキは苦りきった表情のまま頷いた。

「三国の間で裁きのつかぬ咎人は、アマンディの衛士たちに連行される。それまで三人は牢に入って待つように。他の者は牢に近付くことを禁じる」

そう言って、ライガは袖を翻して奥へと戻っていった。ライガの傍らにいたドウマもそれに続き、ムウマを見てちょっと寂しげな笑みを一瞬浮かべた。父に迷惑をかけてしまった、という悔いが浮かんだが、正しいことをしたのだ、と胸を張り直した。

川人の兵に囲まれて牢に戻るまでの間、ライラが何か言いたそうにこちらを見ていた。だが、言葉を交わすことは憚られた。ドネルが彼の後ろにぴたりとついていたからである。

再び牢に入れられ、鉄の閂がかけられた。山の男は、心を張り詰めたまま体を休めることができる。どのような獣に襲われてもすぐに戦わなければ命はない。

「アマンディか……。あの子もいるのかな」

ふと思い出し、胸の傷跡に触れる。

疑いをかけられての旅は嬉しくないが、大鳥の少女に会えるかもしれないと考えることは、少し慰めになった。

二

ムウマは滅多に夢を見ない。

見た気がすることもあるが、朝起きればやるべきことが多くあるので、すぐに忘れてしまう。

だが、牢での夜は何度も夢に起こされた。

牢の外では番兵が立っている。椎の実のような形をした兜と、肩や肘を覆った鎧を身につけていて厳めしいが、居眠りをしているらしく、体がふらついていた。

檻の格子に触れると、ひんやりと冷たい。鉄の棒が縦横に巡らせてあった。

山では銅や鉄は貴重だ。

ムウマはそっと腰の辺りに触れた。幼い頃に父から授けられた鉄の短剣は、アジの子の証である。鉄の剣を持つ者はムウマの村にも数人しかいない。鉄の剣は、いっぱしの戦士、狩人と認められた男に授けられる。

それがここでは、牢屋の格子に使われている。

そんなことをぼんやりと考えていた時、何かが鼻の奥で異常を告げた。鉄の匂いか、と思ったが違う。血の匂いだ。

だが、物音一つしない。静けさの中で、血の匂いと胸騒ぎが強くなっていく。

「開けてくれ。変事が起こっている」

声を出すと、格子越しに番兵ははっと目を覚ました。

「うるさい。寝ぼけてないで寝ろ」

「血の匂いがするんだよ！」

「しない。騒いでると罰するぞ」

「……やってみろ」

ムウマの気迫に、番兵は後ずさりした。

「落ち着けよ。明日アマンディ送りにされるのが怖いんだろう。そりゃそうだ。あそこに送られると二度と故郷に帰れないそうだからな」

「そうなのか？」

「かつて川と空が揉めた時、戦を始めようとした連中がつかまってアマンディに送られたと聞いたことがある。王神さまは島で戦が起こるのを好まれず、彼らは王神さまの召使として死ぬまで働かされたらしい」

ムウマは怒りを一瞬忘れ、牢の奥に戻って腰を下ろした。聖地なのに、そんな牢獄のようなところなのかと混乱したのだ。だがその混乱は再び濃くなった血の匂いにかき消された。獣を狩って捌(さば)いた時に嗅ぐのに近いほど、濃い。山の民は獣の腹を割く前に命を断つ。その時も心の臓に繋がる太い血管を一本外すだけで、血は腹腔内にためておく。後で腸詰(ちょうづめ)にするためだ。ムウマはその匂いが嫌いではなかったが、牢内に濃く漂っているのは異常としか思えなかった。

繰り返し訴えると番兵は苛立ち、槍の柄で格子を叩いた。

「しつこいぞ。腹が減ったなら牢にいる鼠(ねずみ)でも食っていろ」

これではどうしようもないが、胸騒ぎは収まらない。大人しく寝たふりをすると、番兵もやがて眠ったようだった。

牢には小さな窓がある。格子は入っていないが、ムウマの顔も入らないほどに小さい。腰の短刀を抜き、柄で壁を叩き壊せるか調べてみた。ウカミダマの力を使おうと臍(へそ)のあたりに力を入れたところで、足もとから小さな声がした。牢の中にある厠から、ライラが顔を出している。

「よくこんな所まで来られたな」

「ムウマに教わった崖の登り方が役に立った。ああ、臭いから近寄らない方がいいよ」

「別に気にしない」

ムウマが引っ張り上げてやろうとすると、引き上げなくていい、と首を振った。

「後で川に行って洗うよ。それに、俺がムウマの牢にいたらおかしいだろう」

「洗ってくるって……牢から出られるのか」

「うちの番兵には、ちょっと小銭を握らせればいいんだ」

ライラは不敵に笑って見せる。

「イリはどうしてる？」

「腹が据わってる。よく寝てたよ」

ムウマが血の匂いがすると言うと、ライラは首を傾げた。

「俺は感じなかったけど、ムウマがそう感じたならきっとそうだ」

様子を見てくる、とライラが顔を引っ込めようとしたところを呼び止める。

「気を付けろ。これだけ血の匂いが濃いのは変だ」

「わかった。俺はお父さまに事情を話してくる。冷静になって話せばきっとわかって下さるはずだ」

そう言って再び下りていった。

厠を覗き込むとかなり深いところまで掘ってあり、そこまで臭くはない。ずっと下の方に細い流れがあるらしく、水音が聞こえてくる。壁際をよく見ると、掃除用なのか細い鎖が垂れ下がっていた。ライラは鎖を下りきると、ムウマに一度手を振って姿を消した。

夜が進み、窓から見える空が微かに色を変え始める。血の匂いは消えていない。どこでも眠れるムウマが、一睡もできなかった。

胸騒ぎは夜明けと共に現実となった。広場の方から喧騒が聞こえる。番兵が一度牢の前から去り、数人の兵を伴って戻ってきた。

「出ろ」

「アマンディに出発するのか」

「それどころじゃない」

番兵は青ざめていた。

「どういうことだ」

ムウマの問いにも答えず、牢を開けた番兵たちはムウマを連れて広場の方へと急いだ。

昨日よりも人が多く集まっているのに、ざわめきもない。何かを取り囲み、じっと睨みつけている。その視線の先にある人物を見てムウマは呆然となった。

杭（くい）に縛り付けられ、うなだれているのはライラであった。その傍らには顔を紅潮させたドネルが立っており、そして二人の前には、三人の男が横たわっていた。

「嘘だろ……」

ムウマはその一人に駆け寄った。止めようとした番兵を突き飛ばし、剣を抜いてかかってきた兵たちも拳（こぶし）で一掃する。

心に大きな波が立つ。ざわざわと首の後ろの毛が逆立ち、全身に広がっていく。四肢に力が漲り、肉体がぎしぎしと音を立てる。体が内側から押し広げられ、全身に熱い血が満ちた。

人々の悲鳴が聞こえる。数人が槍を向けるが、ムウマが爪を一閃させると砕け散った。

「止めい！」

ドネルが怒鳴り、兵たちは下がった。

人々は恐れを含んだ目でムウマを見ている。ライラもイリも青ざめているのが見えた。

長く息を吐き、心を鎮める。中々鎮まらない。

息絶えた父の姿が、心を荒れ狂わせる。

「ムウマ！」

イリが獣へと変わるムウマの体を抱いた。心の波に、別の波が流れ込んでくる。己と同じ悲しみを背負う者が、すぐ傍にいた。振り返ると、悲しみと怒りを懸命に抑えるライラの瞳が目に入った。

波と波が打ち消し合い、やがて平らかになっていく。

静かな悲しさだけが残り、ようやく元の姿に戻る自分を感じていた。

「その姿は一体……」

ドネルの声は震えていた。

「山の神に憑かれているだけだ。僕の変化よりも、これはどういうことだ」

努めて平静に、ムウマは言った。

衛士の長の顔からは血の気が引いていた。

「我らが守っていながらこの失態、お許し願いたい」

許せるはずもなかった。白い顔で横たわっているうちの一人は、ムウマの父であり、山の民のアジなのだ。そして、川のアジであるライガと、空のアジ代理であるイリキも横たわっている。

ムウマは息絶えた父を前に、もはや慟哭を抑えられなかった。

三

東の雲の海から太陽が昇り始める。川人の首府に明るさが満ちると同時に集まった人々は、怒りや悲しみよりも困惑の色に包まれていた。

ドネルは杭に縛り付けられたライラを見やった。

「すぐにライラを放せ」

ムウマは言うが、衛士たちに槍を突きつけられる。

「それはできない。我らが異変を察知して駆け付けた時には、すでにお三方はこと切れていた。

ライラさまは厠の穴を通じて侵入した。いや、もはやアジを殺すという大逆を犯した罪人、ライラと呼ばせてもらおう。こやつはアジの位を奪わんと企み、父を手に掛けた。我ら衛士の多くが、ライガさまの死体近くにいたライラを見ている」

「しかし」

民の一人が困惑したように声を上げた。

「ライラさまはまだ年若く、アジの位を狙っていたようにも思えない。そのような野望を抱いていたと、本人の口から白状させたのか」

ドネルはその民を見て、良い問いだと頷いた。

「法と秩序が何よりも大切だ。論と理がなければ人を裁くことなどできない。国に大事があれば人々に諮り、多くが納得する理を立てて話を進めるべきだ」

ドネルは剣を抜き、その刃をライラに突きつけた。わずかに呻いて顔を上げたライラの顔はひどく腫れている。

「ライラ、この三人を殺したのはお前だな」

ライラの視線がムウマを捉えた後、虚ろな瞳を群衆に向けて、こくりと頷いた。

その頷きが人々に与えた衝撃は大きかった。囁きはざわめきに、そして怒声へと変わる。

「これで納得いったか」

「嘘だ。ライラがそんなことをするはずがない」

ムウマは怒りに大声を上げた。

「山のアジの子よ」

ドネルが憐れみの声を上げた。

「赤子の頃から養い育ててくれた親が目の前で亡骸となり、己を見失っているのはよくわかる。だが、人を殺めた者が殺めましたと認めているのに、それが偽りだと言い張るのはどういうことだ」

「ライラは人を殺める気持ちも腕もない。ライガさまやイリキさまの腕は知らないが、父さんが襲われて簡単に殺されるはずがない。傷口を見せてくれ。どんな技量を持った者が、どう襲いかかったか、見ればわかる！」

ムウマの言葉に、ドネルの顔に一瞬焦りが浮かんだ。

川人たちも、イリキに従っていた空人たちも、ムウマの必死の訴えをどう聞いていいものか、迷っているようであった。その視線は自然と、ドネルに向かう。

「それは許されない」

冷静さを取り戻したドネルは拒んだ。

「川人の里で人が殺められた。その調べと裁きは当然、川人によってなされるべきである。今、川人の村々から長たちが集まりつつある。彼らこそこの一件を断じるべき者であり、ムウマどのではない」

だが、ムウマは納得しなかった。

「僕が頼んでいるのは、傷口を見せてくれ、ということだけだ」

「それを許すかどうかも、川人で決める」

「いつになるんだ」

「島は広い。最後の一人が到着するまで、数日はかかるだろう」

命あるものが死ねばどうなるか、ムウマはよく知っている。湿った温かい風に吹かれ、死した肉はすぐ腐る。

「その間に傷口は変わってしまう」

「致し方のないことだ」

怒りが渦巻いていた。父を殺され、その犯人もわからず仇も討てないとなれば、何の面目があって山に帰れようか。狼の咆哮が人の魂を突き破りそうになる。だが、ここは暴れてよい場所ではない。イリとライラの悲しい瞳が、再びムウマを正気へと引きとめる。

「山の使者として来た者が、川でこれ以上の騒ぎを起こすのか」

「騒ぎを起こすわけじゃない。しかし、アジが殺されて何もわからないのでは、山人たちの怒りと悲しみが収まらない」

「山の都合など知ったことではない。まずは事の真相を明らかにするために、他の長たちが集まるのを待つのだ」

「真相はここにいた者たちしか知らないだろう」

話は全くかみ合わなかった。だがその時、それまで黙っていたイリが口を開いた。

「これからのことはどうするのです。決めねばならぬことがいくらでもあるはず」

ドネルはイリの方を一瞥し、咎人は黙っておれ、と一喝した。

「なるほど、私は咎人です。川人のウタギに意図せずとはいえ入ってしまい、あまつさえ死の穢れさえ振りまいて『窯』の怒りを呼び覚ましてしまいました。他の二人のことはおいても、私は川の者たちに負い目がある」

イリの威厳に、ざわめいていた川人たちも静まりかえった。

「だが、アジの子でもあります。空と山と川、住まう所が変われば、掟も変わる。ただ、長たるアジに万が一のことがあった時の定めに大きな違いはないはずです」

アジが亡くなった直後は、動乱のきっかけになりやすい。人々はアジが世を去った際にどう振舞うべきか、幼い頃から厳しく教えられている。

「アジが病篤き時は国の主だった者が集まり、合議の上で次のアジを決める。あくまで理で談じ、決して剣槍をふりかざしてはならない。力によってアジの位を継いだ者は、王神に認められず、島の恵みを受けることも許されない」

イリは自分の言葉が人々に伝わるよう、ゆっくりとした口調で述べた。細かな部分は異なるが、大方はムウマが知っている掟と変わらない。

「そうだ」

ドネルが人々の視線を自分に引き戻す。

「導くべきアジを失った民がどうすべきか、当然俺たちも知っているし、あなたに指図されなくとも、そのようにする」

なるほど、とイリは頷いた。

「では当然、その後に続く掟もご存じでしょう。アジが不慮のことで急に命を落とした時。もしくは命を下せなくなった時は？」

「次のアジが決まるまで、最も近しい者が断を下す」

ドネルは苦々しい表情で応じた。

「その通りです。私は今、ここにいる空人の中で誰よりもアジに近い」

「なるほど、それは理だ。しかし、あなたはまだ子供だろう」

「空人の掟では、大鳥と共に空をゆけるようになれば、一人前とみなされます」

落ちただろ、という野次が飛んで、今度はイリが一瞬怯んだが、毅然として胸を張ったままドネルに対している。そして、とイリは続けた。

「ここには山人のアジの子、そして川人のアジの子もいる。我ら三人が人々を束ねていくことこそが、理に適います」

人々が息を呑んだ。ムウマも驚き、思わずイリの横顔を見詰めた。

「我々は危うき時にあります。島の恵みは人に届かず、飢えの苦しみは大地を覆っている。誰が悪い、誰に力を渡すと言い合っている時ではありません」

イリの言葉には奇妙なほどの熱と威厳が備わっていた。だが、その言葉は人々の心を動かすには至らなかった。むしろ憎悪を煽っているようにすら見えた。

「掟を破り、重い罪の疑いを掛けられている者に誰が従うか」

ドネルの指摘にもイリは怯まない。

「私とムウマ、ライラはウタギを穢すという罪を犯してしまいました。その報いは当然受けなければならない。しかし」

敵意と戸惑いの視線が、イリに集まっている。

「私は新たなアジが決まるまでは空人を導かねばなりません。そのためには、イリキが亡くなった理由を明らかにすることが必要です」

そしてイリはムウマに顔を向ける。

「これにある山人のアジの子は、傷口を見ればどのように殺められたかを知ることができるといいます。三人のアジを殺したのは誰か。何故誰よりも優れた武人であるアジが三人とも為すべもなく殺されたのでしょうか」

気にならないのか、と人々に問いかけた。

「そこの山人の子に検分させろ！」

という声も飛んだが、人々のざわめきを叱りつけてドネルは剣を抜いた。

「アジにもっとも近い者が、その代わりとなる。それはその通りだ。だが諸君、見てくれ。我らのウタギを穢し、偽りを述べて隠そうとするような卑怯者たちに、そのような重責を任せることができるか」

ドネルはゆっくりと広場を見回した。

「力と智のある者が、人々の命を預からねばならない。我ら川の民は変事から遠く離れ、穏やかな日々を送ってきた。アジが命を落とすというこの非常の時に国を導けるのは、変事に対して鍛錬を怠らなかった者たちだけだ。このままでは戦になる。誰も戦など望まぬが、戦える力を持つ者が人の上に立たねばならぬ」

人々が囁き合い、不安そうな目をドネルに向ける。

「アマンディは聖なる山で王神さまは聖なるお方だ。だが、我らの苦しみを間近でご覧になっているわけではない。祈りは我らを助けてくれたか。この数年、我らは真摯な祈りをアマンディに捧げ、春と秋に莫大な貢租を納めてきた。だが願いが聞き届けられた気配はない」

ざわめきが大きくなり、収まっていくのをドネルは満足げに待った。

「人の願いを聞き届け、導ける者が必要だ」

それが、自分たち衛士である、と誇らしげに言った。

「その通りだ！」

「何を言うかドネル。誰も認めていないぞ！」

ドネルには喝采（かっさい）と怒号が同時に飛んだ。

「アジの子たちよ」

　急に声色を優しくして、ドネルは言った。

「ウタギを穢した罪は許し難い。だが今は非常の時である。誰かが皆を導かねばならぬ。確かにお前たち二人はまだ幼いが、アジに近いというのもまた事実だ」

　そこで、とドネルはムウマとイリの前に胸を張って近付く。

「俺に全てを任せてくれないか。悪いようにはしない。山の民も空の民も、俺が導く。もちろん、山や空のアジはその間にじっくり決めてもらっていい」

　ムウマはドネルの顔をじっと見つめる。その魂の底にある本心は何なのか。

「そう怖い顔をするな。我々三つの民が力を合わせれば、島を大きく変えることができる。険しい山で獲物を追うこともなく、空の危うきに飛び出さなくともよい。俺たち川の民も空と山の顔色をうかがわなくてもすむ。どうだ？　イリどのの考えともそう遠くはないと思うが。山の子もよくよく考えるがいい」

　ドネルの目には、狐のような狡猾（こうかつ）さが浮かんでいた。

「己の欲を剝き出しにした申し出に従うことはできません」

　イリがきっぱりと拒んだ。

「山の子はどうだ。今は理解しなくてもいい。あとは大人の仕事だ」

「大人か子供かは問題じゃない」

　ムウマも山の民をドネルに託す気などなかった。

「川のウタギに入ったことをあれほど責めるお前が、山人や空人の領分に踏み入って統べることなどできるのか？」

ドネルはもはや答えず、左右に目配せをした。

「これでは埒があかぬ」

人々に弁明するように言う。

「こやつらの言い逃れ、ライラに唆されていたのかもしれぬぞ。田畑が稔らず、川の流れが乱れて空が荒れているのは、彼らのような不心得者がいるからだ。そうは思わぬか！殺せ！」

という声がどこからか上がる。ムウマの耳はどの口から発せられたものか捉えていた。ドネルが衛士たちに言わせている。だが、その声はやがて人々の心を煽り始めた。

「ライガさまの仇を今こそ討つのだ！　弔いの戦だ！」

ドネルがさらに煽り立てる。

イリが拘束され、逃れようともがいている。ムウマは十数人の衛士に一斉に飛び掛かられて身動きが取れなくなった。ウカミ神の力を呼ぼうとしても、先ほど変化したばかりで心身が疲れ切っていた。

抗う声はイリとムウマを押さえつけようとする者たちの怒号にかき消された。そのうちの数人が短刀を抜いて近づいてくる。

「イリ！」

ムウマが叫ぶと、イリは羽交い締めにしている衛士の腕の中からするりと細い体を抜き、前に転がった。ムウマは剣からイリを守ろうと衛士を蹴り倒す。

「ムウマ！」

イリの声に大丈夫だと答え、衛士の前に立つ。イリの手には衛士が落とした大剣が握られている。だが、ムウマはそれ以上彼女が走れないことを思い出した。

「空人ともども殺してしまえ。死人に口はない」

ドネルの声に衛士たちが殺気立つ。イリキと共に来た空人たちは剣を抜いて構えているが、彼らは川人よりもさらに一回り体が小さい。何より多勢に無勢であった。

「空や山と戦になってもいいのですか」

イリにそう詰問されたドネルは、殺意でためらいを覆い隠す。その殺意を実行させてはならない。

「まずはライラからやれ！」

という声がムウマの闘志に火をつけた。取り囲んでいる衛士たちを拳でなぎ倒し、ドネルを追う。

ドネルの刃がライラへと向かっている。杭に縛られたライラはうつむいていたが、ムウマの方を見て、悲しそうに笑った。剣をふりかぶるドネルの前にムウマは立ちはだかる。ムウマの動きの癖を読んでいるかのように刃が閃（ひらめ）く。だが、ムウマの踏み込む速さはそれを上回り、ドネルの頬桁（ほおげた）をムウマの拳が打ち抜いた。骨が砕ける感触はあったが、致命傷を与えてはいない。

「先ほどと違う強さ……本気になったか」

頬骨が砕けたはずなのに、ドネルは不気味な笑みを浮かべて立ち上がっている。川人の技が剛拳を受け流していた。

「その力、俺のために使え」

ドネルがぷっと唾を吐くと、赤い血と白い歯が混じり合って地に落ちる。

ムウマの胸の内に、この男が父たちを殺めたのではないかという疑念が湧き起こる。

「野性の勘で人々は動かぬぞ。動かすのは理と情と、そして力だ。人がまばらにしかおらぬ山の中で暮らしているとわからないだろうがな」

イリが再び縛り上げられ、ドネルの前に連れていかれた。

「誰かに殺されるようなら、アジといってもたいしたことはなかったということだ。アジは誰よりも強く、賢くなければならない。もし弱く、愚かであるなら誰かと代わるべきだし、このように凡庸な連中をアジに戴いた愚かな民たちは優れた王に率いられなければならない」

アジへの無礼な言葉に人々は戸惑っている。だが怒りを表す者は少なく、その多くが互いの顔色をうかがい、黙っていた。

「そうかもしれないが、王になるのはお前じゃない」

ムウマが釘を刺した。

「お前たちがただ山のお守りをしているだけなら、俺たちだって文句は言わんさ。川、山、空の民が一つになり、偉大な王のもとで一つになるという事を認めてくれればそれでいい。山との交易も欠かさぬし、条件も今より良くしよう」

ライラの両隣に槍を持った兵が二人ついた。

「俺に従うことを誓う気はないか。山の民もお前の言葉なら大人しく聞くだろう」

「父さんが殺された仇も討たない僕に従う仲間はいない。山人はアジの命を奪った者を決して許さない」

「だったら仇を討っていけ」

とライラを指す。

「ライラが犯人だという証はない」

「友だから信じるというのでは、大局を見誤るぞ。ここで俺がライラに罰を下してもいい」

「そんなことをすればお前を殺す」

「そうかもしれんが、少なくともライラは道連れだ」

近付こうとしてムウマは足を止めた。

「山と空の若きアジは、川の新たな王と志を共にし、島を新たな地平へと連れて行くと誓った。そう民たちには伝えておこう」

ドネルは勝利を確信したのか、ムウマをもう一度縛り上げるように衛士たちに命じている。父の仇も討てぬまま、山の仲間にも謝れないのか、とムウマは奥歯を噛み締める。

その時、イリが声を上げた。

四

空が暗い。疲れのせいで視界の色が変じているのかとムウマは思ったが、どうやらそうではない。イリの表情が明るく輝いている。

「空人の連中か」

ドネルが忌々しげに言う。

「大弩(おおゆみ)を出せ！　さっさとしろ！」

空が暗いのは、何かが太陽を隠しているからだが、それは雲ではなかった。無数の大鳥が、空を覆い尽くしている。

イリが鳥笛を鋭く鳴らす。それは不思議な旋律だった。鋭いのに、柔らかい。幼い頃に微かに聞き憶えている母の声を思い出させるような、温かさがあった。イリを刺し貫こうとしていた衛士も、ドネルたちの行いを熱狂と恐れをもって見守っていた川の人々も、異様な気配に満たされ始めた森の方へと目をやった。

「空人じゃない。アマンディの使いだ……」

誰かが言い、やがて人々は逃げ散り始めた。

「待て！　我らの正しさを王神に認めてもらうのだ」

だが、ドネルの声は届かない。太陽を隠すほどの鳥の群れは、一羽一羽がそれぞれ、イリが駆ってきた大鳥よりも雄偉な羽根を持っている。そのうち、特に大きな一羽が円を描きつつゆっくりと降りてきた。

空人たちは顔を見合わせ、剣や槍を突き付けられた時よりも険しい表情を浮かべている。川人たちはドネルの言葉を聞き入れることなく、広場から逃げ去ってしまった。

衛士たちが唖然(あぜん)としている隙をつき、ムウマはライラのいましめを解く。大鳥たちは広場を囲むように降り立ち、鋭い眼光をムウマたちに向けた。ムウマも衛士の落とした槍を摑んで身構えた。

「ムウマ、大丈夫です」

大鳥たちの背中には誰も乗っていない。

「あの大鳥たちはアマンディに仕える者たちです」

イリの視線の先には、炎のように赤い羽毛に覆われた大鳥が羽根を休めていた。他の大鳥に人は乗っていないが、赤い大鷲とその周囲の数羽にだけ、人が乗っている。

紺碧の空を切り取ったような鮮やかな青の絣(かすり)を身にまとい、髪を頭の片側で結っている。腰に細身の剣を佩(は)いているのは、イリたち空人と同じだった。赤い大鳥を駆る長身の男がムウマたちに近付いてきた。

「あの人は？」

「王神に仕える神官です」

ムウマがアマンディの人間を目にするのは初めてだ。だが、ライラやドネルは跪いて彼らに敬意を表している。一度逃げ散った人々も再び広場へと戻りつつあった。

「サネクという私の従兄です。物心のつく頃にはもうアマンディへ勤めに上がっていましたから、親しく話したことはありませんが」

寂しげな表情だが、どこか誇らしげでもあった。

「空人は聖地アマンディを守る役目についています。空人のアジはアマンディを守る王神となるのが定めです」

神官は鷲から下りて、人々の前に立った。

「川人のアジ、ライガどのから裁きの求めがあったが、これは一体どうしたことだ」

神官サネクはイリに似た、柔らかだがどこか厳しさのある声で言った。

広場の中央には、まだ三人の遺体が横たえられている。サネクは悲しげな表情を浮かべてその前に立ち、空を指し、地を指し、そして胸の前に手を置いた。

「願わくは島の風となり、とこしえに恵みを与えたまえ」

祈り終えるとしばし瞑目した。つき従ってきた者たちも、同じように振る舞う。そしてムウマたちに向き合った。

「川人の首府において、山と川のアジが談合することはアマンディにも報告されていた。そこに空人のアジ代理であるイリキどのが招かれ、変事にいかに対するか話し合う、ということであったと聞くが」

は、とドネルが真っ先に声を発する。

「ここに居並ぶアジの子たちは大きな罪を犯しました」

「大きな罪とは何か」

サネクは静かに問う。

「空人のイリが大鳥と共に我らのウタギに落ちました」

しかも、と両手を大きく広げる。

「『窯』に足を踏み入れ、呼び覚ましたのです。『窯』には祭祀の日以外に入ることは堅く禁じられているはず。しかも、ライラさまと山のアジの子ムウマは、空人がいたことを隠そうとしました。ライガさまは心を鬼にして決意し、私めに彼らの捕縛を命じたのであります」

ドネルの首筋には汗が光っていた。

「この一件、川、山、空の子供たちが関わるとあって、ライガさまはアマンディの裁きを求められたのです。なのに、アマンディの聖なる裁きに恐怖したのか、ライラさまは父を殺すという暴挙に出ました」

「確たる証はあるのか」

「本人が白状しております」

サネクはライラに視線を向けた。

「ライラ、それは確かか」

虚ろな表情を変えていなかったライラが、すっと顔を上げた。

「私は……やっていません！」

はっきりとした口調で言う。ドネルが目を剝き、ムウマは肩を貸しているライラの横顔を見つめた。殴打された痣が痛々しい。

「衛士の長であるドネルは、お前が父殺しを自白した、と確かに言ったが」

サネクは静かに問いかけた。

「私が厠を伝って父上の寝所に入ったのは本当です。でもそれには理由がありました。アマンディで裁きを受けるにしても、本当のことを知っておいてもらいたかった。でも、父上は既に死んでいた。ドネルが駆けつけてきたのは、そのすぐ後のことです」

ドネルは頷く。

「俺が目にしたのは、三人の遺体の前に立つライラさまの姿でした。部下に命じて捕らえ、尋問したのです。我らの責めに耐え切れず、ライラさまは罪を自ら白状されました」

「なるほど」

サネクは納得がいったように頷いた。

「では、一度罪を認めたライラが前言を翻したのは、いかなる理由か」

「私は傷口を見て、考えていました」

ライラはムウマから離れ、三人のアジのもとに膝をついた。

「これは誰かに殺されたわけではない。戦った跡がありません」

サネクが姿を現したことで、ようやくムウマも父たちの遺体に近付くことができた。ドネルは苦い顔をしているが、王神の使いの手前、口を出すこともできないでいる。

父も他の二人も静かに目を閉じている。争って死んだ者の表情は、ムウマも知っている。大抵は無念さや苦痛を表情に残したまま、息絶える。だが、この三人はそうではなかった。

傷口は胸の急所、ほぼ同じ位置にあった。防具の類は身に付けていない。だが、ドウマは戦士の備えとして短刀を手放さない。

ライラの言う通りだ、と傷口を見てムウマは思った。山の男は眠っていても、瞬時に起きて戦える体勢に入れる。だが、ドウマはそうしていない。

「ライラ、三人はどんな風に倒れていた」

「向き合って、互いの膝に頭を乗せるような感じでした」

サネクも傷口を検分している。その横顔に表情はない。

「まるで死ぬことを理解しているような傷口、ということか」

サネクの言葉に、ドネルが大きく頷いて近付く。

「ライガさまを油断させ、一突きで命を奪う間合いに近付けるのは、ライラさましかいません」

「なるほど。その策謀を思いついて罪を押しつければ、自分が川人のアジになれると考えたのか。アマンディから遠いと侮って好き放題やっているようだが？」

ドネルは憤然と否定した。

「あなたは川人のアジを守る役目を代々務めてきた我が家を侮辱するのですか」

「では、アマンディに何の相談もなく、山、川、空の全ての長になろうとしたこと、それは王神を侮辱することにならないのか？」

「な、何故それを……」

「全ての風は聖地アマンディに集まる」

ぐっとくちびるを噛んだドネルは、私を罰するつもりですか、と震える声で言った。

「いや、貴殿にはやってもらうことがある。ライガどのが急逝し、川の民の間には動揺が広がるだろう。次のアジが決まるまでの間、人々をまとめておいてもらいたい」

「次のアジになれということでしたら、あなたの口から人々に告げてもらいたいですな」

「何を勘違いしている」

サネクはその願いを一蹴した。

「アジとなるには王神の承認が必要だ。人々に推戴（すいたい）されてもいないのにアジの位を望み、あまつさえ他の民の領分まで侵そうとした貴殿が王神に認められると思っているのか」

サネクは去れ、と手を上げた。

「島の恵みを受けるには、それぞれが己の領分を守って暮らさねばならない」

「その恵みはいついただけるのです」

「不遜（ふそん）な言葉、今回だけは許そう。これより後、貴殿が代々してきたように川のアジと民を守るべく職務を全うするのであれば、これまでのことは不問に付す」

「人々が認めればいいのですな」

ドネルは不敵な笑みを浮かべた。

「そうして初めて、王神に承認を求めることができる」

「なるほど、憶えておきましょう。人々が涸れ果てた天地の恵みを取り戻してくれるアジを求めていることをもっとも理解しているのはこの私だ」

衛士の長は衛士たちと共に去っていく。

「言っておくが」

サネクはムウマたちに視線を戻した。

「お前たちの過（あやま）ちは消えたわけではない。アマンディに来て裁きを受けてもらう。ただでさえ島の民は不作不猟に苦しんでいる。一日も早く真実を明らかにし、人心を安らかにせねばならない」

そうムウマたちに言い渡した。

その時大地が揺れて地鳴りが響き、『窯』の一つから白煙が上がった。大地にわずかな傾きが加わり、人々は不安そうな表情で、ただ押し黙っていた。

第四章

一

山で人が死ねばその体を洗い清め、スヌアナと呼ばれる山の洞穴に安置して大地へと返す。だが、川人たちはドウマの体を里で洗い清めることを、水が穢れる、と拒んだ。

サネクの命で与えられた甕(かめ)の中に、ムウマは硬く冷えた父の体を苦心して入れた。蓋(ふた)をして担ぐと、ずっしりと肩に食い込む。

登りが続く山道がなだらかになる辺りが山と川の境だ。山の恵みと川の産物が交換される場には、既に山人たちの一団がいた。

村のカリシャたちは顔に戦化粧(いくさげしょう)を施している。どれもムウマのよく知った顔だ。目尻から黒い茨(いばら)が伸びた紋様は、獣ではなく人に対する戦いの際にのみ使われる。川人たちもそれを見て身がまえた。竹を組んだ盾を前面に押し出し、広場の反対側に陣取る。

ムウマは双方の間に甕を担いで進み出て、父の死を仲間たちに伝えた。

「肝心なことをお前は話していない」

年かさのカリシャが言った。

「誰がドウマさまを殺した？　その罪人を我らは許さぬ」

カリシャの一人が、ムウマに厳しく問うた。その後ろで、山人たちは弓に矢をつがえている。その動きに呼応するように、川人たちも盾の間から槍を構えた。

「待ってくれ。誰が手を下したのかはわからない」

「わからないで済むと思っているのか」

「思っていない。だがここで戦を起こすことは待ってくれ。川人のアジも、空人のアジ代理も命を落としている。アマンディに行って王神さまのもとで真相を明らかにしてくる」

山人のうち数人が木々の中に散って弓を構えているのがわかる。ことの成り行きによってはそのまま川人の村に攻め込む心算だったようだ。

「もはや山の恵みは絶えた」

カリシャたちは殺気を漲らせていた。

別の若いカリシャが言った。

「川人の所には食うものも多くあるはずだ」

「あるところから得るのがカリシャの道だ」

「奪うことはカリシャのやるべきことじゃない」

ムウマは怒りをあらわにしたが、相手も退かない。

「仲間の腹を満たすことが俺たちの務めだ。ムウマにも分かっているはずだ！」

「そこまでにしておけ」

若者の肩に年かさのカリシャが手を置き、落ちつかせた。

「長くは待たない」

「わかっている。今は父さんを葬って欲しい」

山からやって来たカリシャのうち七人の男たちが、甕形の棺を担いで遠ざかっていく。皆一様に悲しみに沈み、怒りをこらえていた。

父の遺体が運び去られると、ムウマは再び檻車に入れられた。

しばらくして、体に力が入らないことに気付いた。何をしようにも億劫で、食欲もわかず、ただぼんやりとしてしまう。

「それを悲しみといいます」

イリがぽつりと言った。

「それくらい知っている」

「死は全ての終わりです。悲しみと共に、死を見送りましょう」

山の厳しさは何人もの仲間を飲み込んでいった。近しい者が病で死ぬことも珍しくない。山人は空人と違い、死と生を峻別しない。山より出でて、また山に還るだけだと考える。

そう考えてもつらいものはつらかった。山に生まれて、全ての光景に父がいた。時に厳しく、時に優しく、山の掟と恵みを教えてくれた。

その人が山へ還ってしまったのだ。

「父さんは強かったんだ」

狩人として誰よりも優れ、戦士として誰よりも勇敢だった。

ムウマの、山の民全ての誇りだった。

視界が曇り、鼻が詰まる。

「悲しい時に悲しむのは、悪いことではありません」

足を伸ばして檻車の壁にもたれ、流れていく景色を見ながら、イリは呟いた。だが、イリはさほど悲しんでいる様子がなかった。

「薄情に見えますか」

「いや、悲しみ方は人それぞれだ」

「ハヤテが死んだ悲しみが強すぎて、心が空っぽになった感じです。あの子は私の半身のようなものだった。空人は皆家族と同じか、それ以上に大鳥との絆(きずな)を大切にしているから」

ムウマとライラ、そしてイリの三人は同じ檻車に乗せられて、アマンディに向かうことになっていた。川人の首府からアマンディまでは、島の縁に拓かれた街道を通る。

ライラは檻車に乗ったあたりから、壁にもたれたまま全く口を開いていない。大丈夫かとムウマが気遣うと、しばらく経ってライラが返事をしたので少し安心した。この一日の間に、げっそりと頬がこけたように思える。

悲しみの霧が消えたわけではないが、その中でうずくまっているわけにはいかないとムウマは思っていた。しかし、ライラに元気を出せとは言えない。水筒を差し出すと、ライラは黙って受け取り、数口飲んだ。干し肉とソテツの団子を出すと、それは拒まれた。

「嫌なわけじゃない」

「わかってる」

ムウマは団子をしまった。ライラはほんの少し表情を和らげたが、イリの厳しい視線に気付き、また表情を硬くした。

「どうして嘘を言ったのですか。偽りは言わないのではなかったのですか」

イリが厳しい声を放った。今は止めろよ、というムウマの視線をイリは無視した。

「どうして、自分がアジたちを殺したと言ったんですか。ドネルの責めが怖かったのですか？」

ライラはしばらく答えなかった。檻車が小さな石に乗り上げて、がたりと音を立てる。

「……誰かが手を下したと言わないと、戦になる」

「戦に？　どうして」

「父上たちは、互いに命を奪いあったように見えた。しかも、まるで殺し合うことを納得したかのように心の臓を刺し合っていた。このまま事の成り行きが明らかになれば、きっと戦になる。だって、誰も悪くないんだぞ」

ライラは悲しげな笑みを浮かべて、イリを見つめた。

「山と川と空は、それぞれ疑いの目を向け合っている。そんな人たちが、アジが互いに殺し合って安らかに眠っているなんて言葉を本気にするとは思えない。イリだって自分の国にいて、川人がこんな説明をしていると言われたら、信用するか？」

「それは……」

イリが怒りの矛先を見失ったかのように視線をさまよわせた。

「ただでさえお互い信用していないのに、誰が悪いって言い出したら始末に負えないだろ。お互いに罪を押し付け合って、怒りのやり場がなくなったら戦うしかなくなる」

「だから罪をかぶったのですか。聖人ですね」

「そうじゃない」

ライラは顔を紅潮させた。

「ただ、父上はずっと言っていた。どれだけ憎もうと、罵(ののし)り合おうと、戦にだけはしてはならないと」

「その割には、川人は好きに島をいじってきたではありませんか」

「豊かになれば人が増える。人が増えれば養わなければならない。そのためにどうするか、川人は考え続けてきただけだ。父上は島をどうこうしようと思っていたわけじゃない」

「側近のドネルがあんな風でもですか」

「あれは俺も意外だった……。あの人も父上の考えを理解していると思っていたから」

ライラは一つため息をつき、また壁にもたれたが、はっと身を起こした。

「イリこそ、どさくさにまぎれてとんでもないことを言っていただろう」

「何のことです？」

「アジが命を落としたらその子がアジの代わりとなって民を束ねるって」

「誰もが知っている道筋を話したまでです。三人のアジが命を落としてしまった。そこにアジの子が三人いる。ああいう話になるのは当然ではありませんか」

「イリは間違ってないよ」

ムウマがぽつりと言うと、ライラは納得がいかない表情で檻の外に視線を向けた。

「どうして正しいと思うんだ」

「正しいとは言ってない。間違ってないと思っただけだ」

「同じじゃないの」

その違いを言葉にすることはできなかった。ムウマは黙り込み、ライラもそれ以上問い詰めることはなく、檻車の中は沈黙におおわれた。

道はまだ新しい。檻車は時々小石を踏むが、揺れもそれほど気にならない程度であった。

「もともと島を巡るように、車なんか通れないほどの細い道が拓かれていたんだ」

ライラが沈黙に耐えきれなくなったように口を開いた。

「川からアマンディに向かうには山を通るのが近いけれど、それは山人に頼まなければならないし、川人にとっては道が険しすぎる」

人や貢物を聖地に送るのは、年に二度、春と秋だ。

「だから、夏になると川人は草木の生い茂った道を整えていた。新たな村を作ることになって道も広くしたんだ」

道は山から流れ出る川を何本も渡って続く。水の流れのある所には集落があった。ライラの村にあったような石組みのものは少なく、ほとんどが木の壁に葉の屋根という作りであった。ただ、その近くに廃墟や瓦礫の山がある。

「激しい雨が続くと川筋が荒れる。その度に村が貧しくなる」

人々が顔を出し、檻車の列を遠巻きに見ている。どれもが土と同じ肌の色をして、目だけがやけに白く見えた。

「知り合いはいるのか」

ライラは首を振った。

「アマンディへの道沿いの村は、俺が生まれる前に作られ始めたらしいから」

数人の子供が駆け寄ってきて、檻車に手を差し出した。痩せこけて衣もぼろぼろだ。イリは気の毒そうな表情を浮かべて目を逸らした。

「人数が多いから、豊かな者も貧しい者もいる。仕方ないんだ」

ライラは弁解するように言い、子供たちに手のひらを見せた。

「ごめんな。俺たちは何も持っていないんだ」

それでも子供たちは車についてきながら黙って、手を差し出している。イリは子供たちを無視していたが、やがて何かに気付いた。

ムウマもその小さな手に、何かが載っているのを見た。顔は垢じみて汚れているが、手のひらは桃色で若々しく、その上には鮮やかな橙色をした小さな果実が載っている。

「タンカンだ……」

山ではほとんど見ない、甘酸っぱい果実だ。

どうしよう、とイリがムウマを見る。子供たちは山人を見たことがないのか、ムウマが格子ぎわまで来ると後ずさる。だが同じ川人のライラの姿を見ると、少し安心したような表情を浮かべた。

「大丈夫だよ。ムウマは優しい人だ」

子どもたちはライラの手に果実を載せると、走り去った。その背中はどれも小さく、足は細い。

「優しいのは子供たちだ」

ライラから受け取った果実を口に含むと、清らかな酸味と甘みが広がっていった。

二

夕刻になって檻車も動きを止め、兵たちが幕営の準備を始め、街道と森の間の草原で体を休めていた。

西の山の稜線に、日が近づいていく。雲の海が陽光を受けて白く輝いていた。ムウマの腹が鳴った辺りで、檻車の鍵が外れる音がした。

兵の一人が食事だと呼びに来た。

「今日はここで野営ですか」

イリが訊ねると、兵は頷いた。集落の手前で、行列は動きを止めている。

「村には入れないようだ。先触れの者が交渉しているが、頑なに拒まれている」

そんなことを言っていると、前の方から大きな声が聞こえてきた。

「聞こえるか？」

ライラが訊いてきたので耳を澄ますと、どうやらサネクの従者と村の者たちが押し問答をしているらしい。

「宿を貸すように言っているみたいだ。よくあることなのか」

「収穫の貢物を運ぶ時は、道沿いの村が宿や食事を出すことになっているけど」

やがて話し合いが一段落したのか、声は止んだ。だが隊列が動き出す気配はない。代わりにアマンディの人々が集まって話している。小声過ぎてムウマにも聞きとれない。やがて、サネクがこちらに近づいてきた。

「ライラ、頼みがある」

名前を呼ばれたライラは目をしばたたかせた。

「村の者たちが宿は貸せないと言っている。アジの子であるお前なら何とか説得できるのではないか。この村には何もない、何もお出しできない、と繰り返すのみなのだ。我らは何かを求めているわけではない。水をわけてくれさえすればいい」

サネクは変わらず無表情だが、声には当惑が現れていた。

「アマンディの使者と言ってもだめなのですか」

ライラの言葉にサネクは頷いた。

「とにかく、この村から遠ざかって欲しいという一点張りだ」

ライラは、わかりました、と立ち上がった。

「説得してみます」

ライラの横顔からは、先ほどの悲嘆が少し消えている。

「ムウマ、干し肉くれる？」

と手を出す。ムウマは細い干し肉を一片手渡した。

硬く乾いた鹿肉をゆっくりと嚙んで竹の水筒をぐっと傾けると、腿(もも)の辺りを両手で一度叩いた。胸を張って檻車を出るライラを見ていたサネクは、ムウマにも行くように命じた。

「僕も？」

「ライラはお前を頼りにしているようだ」

「そうかな」

「先ほど川人の首府でことの真相を話す前、あの子は君を見た。知り合って間もないのに、随分と信を置いているようだった。従者のふりをして横に立っていてくれ」

アマンディの使者が言うからには逆らうわけにもいかない。ライラについて行列の前に行くと、村人たちが警戒心を隠さぬ表情でこちらを見ていた。子供たちの明るさとは異なる風情であった。

「首府ですら凶作なんだ。小さな村はさぞ苦しいだろう」

ライラはぽつりと言い、人々の前に立った。

「俺はあなたたちのアジ、ライガの子、ライラだ。罪を得てアマンディに裁きを受けに行かなければならない。この村に迷惑をかけることはない。どうか一宿の場を貸してはくれないだろうか」

長い髪を腰の辺りまで垂らした、品のいい若い女性が一歩前に出た。

「村長のミナオと申します」

　膝をつき、両手のひらを見せて挨拶をする。

「村にお泊めすることができない、というのは皆さまのためを思ってのことでございます」

「どういうことですか？」

「夜になると、村に良からぬものが現れるからです。光る目を持ち、光る剣と光る矢を携えた悪霊が村を徘徊(はいかい)します。彼らを見た者は心が壊れ、姿を消しました。働き手を失った村は貧しくなるばかり。アマンディにお出しする食料もございません」

　村長の声には疲れがあった。

「それは、父に……アジに報告したのですか」

「もちろん使いを送りましたが、何もしていただけませんでした」

　ライラの横顔がさっと紅潮した。拳を握りしめ、申し訳ない、と頭を下げる。

「民の苦しみに手を差し伸べなかったのはアジの責です。お詫(わ)びというわけではありませんが、村に出てくる良からぬものを、俺たちに退治させてもらえないでしょうか」

　ムウマは思わずライラを見た。

「ここには山と空の勇者もいます。きっと皆さんの力になることでしょう」

「その代わり村の中に留まることを許せ、ということですか……」

　ミナオはしばらく考え込んでいたが、同意した。

「良からぬものがどこによく出るか、教えてもらえますか」

「ウタギの辺りです」

　川人のウタギの多くは、山との境近くの川べり、巨岩や洞穴などに設けられる。この村では、集落の中央を流れる川を遡(さかのぼ)った所にある小さな岩穴がウタギだ。

「わかりました。俺たちが見張っていますから、皆は安心してお休み下さい」

ライラが自信満々に言うと、村長はその勢いにおされるように頷いた。ライラが戻ると、アマンディの人々はちょうど祈りの時間だった。山に向かって祈りの言葉を唱え、額と手のひらを地に付けている。

イリはその後ろに座っているが、祈ってはいない。

「何て祈ってるんだ」

「私にもわかりません」

ムウマの問いにイリは首を振った。

「アマンディの祈り言葉の意味は、そこに暮らすことを許された者だけに伝えられるといいます」

人々の祈りが終わった後、イリはどこかつまらなそうな顔で言った。

「アマンディに空人がいるなら、祈りの意味も皆に教えてくれればいいのに」

「アマンディの外にいる空人は教えを知りませんし、アマンディに入った空人はそこでのことを外で話してはならない掟になっています」

「いずれイリも行くのか」

「アマンディと王神に仕えることができるのは、選ばれた者だけです。私がアマンディに呼ばれることはないでしょう」

「イリは大鳥を任されるほどの狩人なのに」

「咎人は不浄とされてアマンディの奥深くにある聖域で働くことを禁じられるのです」

淡々とした口調で答えた。

「私自身の罪です」

「でも、王神さまが僕たちに罪があると決めたら、山で働かなければならないんだろ」

「罪人として入りたくはありませんでした」

ため息をついて祈りの場を後にした。

三

逃げるようなことはするな、とサネクは釘を刺したが、ミナオとの遣り取りを聞いていたからか檻車に戻れとは命じなかった。

川人の首府も川が雲の海に流れ込む辺りに近く、ミナオの村もやはり雲と島の境にある。ムウマは流れに沿って歩き、水が雲の中へ落ち込んでいるのが見える場所まで歩いた。

ミナオの村は、集落に入る手前で石造りの水路が築かれ、木組みの水門を調節して田畑に水を引く仕組みになっている。だが水の流れは、首府のそれと比べると随分と細かった。

畑の多くは赤茶けてひび割れ、作物は枯れているものも多い。そして地揺れのせいか、歪(いびつ)に傾いている畑や家も目立った。

雲の海にもっとも近い所に、粗末な小屋が一軒建っている。その前に老人が座っているのが見えた。

人を攫(さら)う怪異の話を聞こうとして、ムウマは足を止めた。その老人は座ったまま息絶えていた。ぼろぼろの衣から出た手足は既に骨になっている。彼の命を奪ったのが飢えなのか病なのかはわからない。その虚ろな瞳が見つめる田畑のひび割れが、ムウマを暗い気持ちにさせた。

目の前には重たそうな雲がもったりと波打っている。あと数歩進むと、地面がなくなる。この雲の中には、雲の王のような恐ろしい怪物が住んでいる。怪物の巣の向こう側には何があるのだろう。永遠に雲の海が続いているのだろうか。山にいれば考えたこともないことが、頭に浮かんでは消えていった。

「危ないですよ」

背後から声をかけられて、はっと足を止める。振り向くと、ミナオが子供たちと共に通るところだった。雲の海がすぐ目の前にある。もう一歩足を踏み出せば、島から出てしまうところだった。

「魚を獲りにきたのです。でもここ数年の飢饉で川の魚もめっきり減ってしまって」

とミナオは河口を指す。川の水が雲の海に落ちる少し上流の辺りに、枝を削って組み上げた箱のようなものがある。ムウマが覗き込んでみると、川の流れよりも緩やかな角度にした木の板の上を魚が滑り、奥に仕掛けられた網に落ちる仕組みとなっていた。

「手がこんでる……」

ムウマは素直に感心した。

山の渓流でも魚を獲ることはよくあるが、水の上から銛（もり）を叩き込むか、木の枝の竿（さお）に狸の小骨を使った針で釣り上げるかどちらかである。

「クム　ヤ　ムツキャ　ヤマ　ヤ　ウーバ」

子供たちが楽しげに歌いながら、仕掛けの網から魚を探している。豊かな光景に見えるが、魚はほとんどかかっていない。子供たちの歌の響きが、サネクたちの祈りの言葉に似ていた。

「古い古い歌です。親から子にずっと歌い継がれていた歌や舞がこの村にはいくつもあるの」

「どういう意味の歌なんだろう」

「古すぎてよくわからないけれど、危ない場所で漁をしたり鳥を捕まえたりする時に歌うと、神さまが守って下さると伝えられているわ」

ミナオは山には祈りの言葉はないのですか、と訊ねた。

「祈りはあるけど、村の占い師しか知らないんだ」

神々への祈りは占いを専らとする老婆が、ただ一人使うことを許されている。山人の村のことを思い出していると、子供たちがわっと歓声を上げてムウマを手招きした。

「山のお兄ちゃん、魚獲って」

無邪気な声と表情に頷いて水の中に入ったが、油断してはいなかった。仕掛けられた網の中に、大きな影が一つ残っている。確かに、子供の手には余りそうだ。

網の前の木の板囲いを外すと、二本の杭に結ばれた網が水の流れと中の獲物によって激しく動いているのが見えた。しばらくその動きを見極めたムウマは、無造作に両手を水の中に突っ込んだ。

急所である鰓(えら)に素早く指を入れ、水から上げる。ぬめりのあるその魚の姿を見て驚いた。体は細長く、口元には鋭い牙がある。山では見ない種類のものだ。

「あなたたち、お客さまになんてことを」

ミナオが厳しい声で叱る。そして、ムウマの手に摑まれて激しくもがいている魚を見て驚いたように口に手を当てた。

「ヒイユが網にかかるなんて、珍しい」

猛獣のように恐ろしげな顔をした魚だ。難なく大魚を摑み上げたムウマを見て、子供たちは賛嘆の声を上げている。

「でもこの魚、美味しそうだ」

「口にしたことがあるのですか」

「山にはいないけど、肉の匂いと感触でわかる」

「さすがは山の民ですね」

感心したように言う。

「川の民の多くは、そのような野性を失ってしまいました」

「野性？」

「山や空により近い心、ということです」

川の民の暮らし方なら特にいらないだろう、とムウマは思うが、素直に礼を言った。

「あなたなら、よからぬ者の正体を突き止められるかもしれません。彼らは闇の中を自在に動き、人を攫います……」

そして一度言葉を切った。子供たちが大きな魚篭（びく）を村から持ってきて、ここに入れてくれとせがむ。ムウマは鰓の奥に指を入れて、顎の腱を切った。それを知らない子供たちは、腰が引けている。

「もう噛まれることはないよ」

だらりと下がった下顎から見える鋭い牙に、子供たちは悲鳴を上げて逃げ出した。

「許して下さいね。客人を試すようなことをして」

「気にしてないよ」

山では初めて遭った者は互いに力を測り合う。どちらが強いか、なるべく戦うことをせず強弱を決めて無用な争いを避けるためだ。

「子供たちはあなたを十分に認めたようですよ」

ムウマが振り向くと、子供たちが木の陰から覗いていた。

「ミナオさん、さっきよからぬ者は人を攫うって」

「ええ」

ミナオは子供たちに向けていた柔らかな表情を曇らせた。

「私の夫も、あの子たちの親の多くも、攫われてしまいました。村の長や働き手を失って、村はより貧しくなっています。ただでさえ、天候も悪くて田畑も傾いて作物が穫れないというのに」

ムウマには何とも言えなかった。

「ともかく、俺たちがウタギの周りを見張ります。皆さんは家から出ないようにしてください」

ミナオは緊張した面持ちで頷いた。

四

「イリも行くのか？」

ムウマの隣で、ライラは不服そうだ。

「道連れですから」

イリはさも当然とばかりに言った。

「足の怪我も治っていないいんだから、大人しく檻の中で寝ていろよ」

「止めろって」

ムウマは閉口してたしなめた。

「イリは僕が連れてきたんだ」

「どうして」

「空人は鳥の声が聞こえる。よからぬ者はどこから現れるかわからないし、どんな気配なのかもはっきりしない。鳥は人よりもずっと遠くを見ることができるし、その力を借りられるイリは力になる」

「どうせ川人の俺には鳥の声も獣の匂いもわからないよ」

みっともない、とイリが顔をしかめた。

「アジの子が僻(ひが)むとは」

「川人には空や山の民にはできないことができるだろ」

ムウマは田畑の美しさや人の多さ、手先の器用さを挙げた。

「ライラは踊りだって上手じゃないか」

ムウマが誉めると、ライラの機嫌はようやく少し直った。

「ここは川人のウタギなんだから、何かあったら俺しか入れないことを忘れないでいて欲しいね」

「……ムウマは誉めるのがうまいですね」

イリとライラが睨み合うのを放っておいて、ムウマはウタギの方へ目を向ける。ミナオの村の中央を流れる小川の上流に、小さな洞穴がある。川人の首府にあったものを、そのまま小さくしたような造りになっていた。

月は雲に隠れているが、星の輝きの強い夜だ。ムウマは空を見上げ、そして山を見る。せり出してくるような木々の勢いが、山の命を感じさせる。山には他にも無数の精霊や妖(あやかし)がいるというが、その存在を感じることはあるものの、実際に目にしたことはなかった。

「空にも精霊や妖の類がいるのか？」

「いる、らしいです」

昔話としてよく聞いていた、とイリは言う。

「ハヤテの頭の羽毛がちょっとかわいい形に細工されていたり、爪の先にきれいな紐が結ばれていたりすることがあります」

「子供のいたずらかもよ」

ライラが言うが、イリは首を振る。

「天魚を狩っている時にされるんです。人じゃないでしょう」

そういう可愛い精霊ならいい、とムウマは思う。しかし、この村に出てくるのは人を攫う怪物だ。

雲の間から月が顔を出して、空がまた少し明るくなった。背後から聞こえてくるせせらぎの音が、眠気を誘うような優しい音を奏でている。ムウマはウタギに現れるものは、狩りの獲物だと考えるようにしていた。狩りの時に眠くなったことはない。山の男として、当然の心の持ちようである。だがそれにしても、眠い。

気持ちが緩んでいるわけではない。体が疲れているわけでもない。五感を一つずつ吟味していくと、どうやら風の中に奇妙な香りが紛れているようだった。

ミナオの里の周囲は深い木立に囲まれ、川に沿って拓かれて田畑となっている。それだけ見れば、凶作が続いているのが信じられないほどだ。豚や牛も飼われているようだが、離れていてほとんど臭わない。川と山ではあまり感じない香りが、眠気の正体ではないかと考えるに至った。

微かに焦げ臭さも混じっている。

「ライラ」

ムウマは隣で眠りかけているライラの肩を揺すった。

「あの香り袋、まだ持っているか」

「え、ああ、持ってるけど」

ライラからは常に、甘く柔らかい香りがする。温かな手で背中を撫でてもらっているような、匂いを感じているだけで気分が良くなる香りだ。檻車の中でもさして気が荒まなかったのはそのおかげだった。

「この眠気、何かを焚いて出している匂いのせいだ」

「全然わからないけど」

ライラはムウマの隣に立って匂いを嗅ぐ。ムウマはライラに顔を近付けた。

「な、何だよ」

「お前の匂いを嗅ぐと眠気が収まる」

「だ、だったら近くにいたらいい」

ライラはそっぽを向きながら、ムウマの隣にいた。これで眠気は何とかできそうだ。一方イリは、静かな寝息を立てて深い眠りについている。

「ムウマ、イリはどうする？」

「やっぱり置いていこう。ウタギの中はどうなっているかわからないし、怪我がひどくなってはいけない」

眠気を追い払ったムウマがウタギの周囲の気配を探ると、先ほどとは異なっていた。

「何かがいる」

木立の向こうに、ちらちらと光が舞っている。

「ミハガかな。清らかな川べりにはよくいる」

あまりの眩しさに目が腫れる、という古い言葉がミハガという名の由来だが、実際には仄かに輝くのみだ。光は穴の奥から出てきてどんどん増えていく。一が十、そして数十に増える速さが普通ではなく、不気味そうにライラが足を止めた。

「大きすぎる。ミハガじゃない」

ムウマは光の動きを目で追った。小さな光の下に、うっすらと何かがうごめいている。その大きさや動きで、正体を見極める。

「人だ」

「人？　どこに？」

その時、イリが目をこすりつつ追ってきた。

「……何か出たのですか？」

「何か出たのですか、じゃないよ。眠っていればいいのに」

ライラは憤然と、光の方を指す。

「人ですね……」

すぐにイリは言った。

「人の形をした妖とも考えられるけど、そうではないかもしれない」

「川人みたいだ」

ライラは目を凝らし、呟いた。

「でもあんなに光る道具を持っている仲間はいない。あれは松明（たいまつ）じゃない」

しっ、とムウマは闇に隠れるように現れた人々に注意を向ける。彼らは特に周囲を気にする様子もなく、ウタギに近付いていく。

「あの勢いだとウタギに入ってしまう」

ライラが言っている間に、人々はウタギの前で足を止め、壁を砕き始める。彼らを率いていたと思しき男はひと際体の分厚そうな男で、闇の中でも長く左右に広がった髯が顔の下半分を覆っているのが見えた。

「何をやってるんだろう」

ムウマの疑問にライラとイリも首をひねった。

男たちは黙々と作業を続け、岩を砕く者と瓦礫を片付ける者で手分けして働いているようだ。

「ウタギへの穴を広げているみたいですが」

ムウマたちは彼らのいる辺りにそっと近付く。男たちは近くにウタギがあるにもかかわらず、奥へ向かって壁を砕き続けている。

「何をしてるのかもっと近付いて確かめよう」

ムウマが言うと、ライラは気乗りしない顔になった。

「この先はウタギだぞ」

「これ以上進むと私たちもウタギを穢すことになります」

イリも腰が引けていた。

「僕だって嫌だよ。でもさ、ウタギに入って行った連中を許していいのか？　村の子どもたちの親兄弟を攫ってるかも知れないんだ」

ムウマの言葉に、イリとライラは顔を見合わせた。

「それは許せないけど、俺たちはウタギを穢した罪を裁かれるためにアマンディに行く途中だ。

もしこれで何か問題を起こしたら、首府に帰れなくなる。イリが落ちてきて助けに行ったのとは訳が違う」

ライラは一気にまくし立てて、大きく息をついた。

「じゃあ、行くか」

ムウマはウタギに向かって歩き出す。

「俺の話、聞いてたのか」

「ウタギに入る禁忌は破りたくない。でも、あいつらはそれ以上に悪いことをしている」

イリは表情を引き締めて頷き、ムウマの隣を歩き始めた。

「あ、イリ、ずるいぞ」

「ずるい？　私は私の考えに従って、ムウマと行いを共にします。あなたもそんなにムウマが気に入っているなら、禁忌など気にせず一緒にくればいいではありませんか」

ライラは口惜しそうに舌打ちを一つして、イリとは反対側に立った。

「行ってやるとも。言っておくが、自分で決めたんだからな」

五

ウタギの結界を示す石組みの祠の前に、ムウマは両膝をついて祈りを捧げた。ライラは片膝をつき、両手を広げている。イリは膝をつかず、頭を下げて胸に右手を当てた。

祈る姿勢一つとっても違う。

ムウマはそんなことを思いながら立ち上がった。祈りを捧げたところで禁を破っていることに変わりはないが、ウタギに敬意を払わず中へ侵入する連中よりはましだ。

呼吸を整えて気持ちを落ち着けると、暗いウタギの中に足を進めていく。

「全然見えない……」

と心細げなライラの手を引く。イリは足場を確かめながら慎重にムウマについてきていた。

「暖かい……というか暑いですね。夜なのに昼みたい」

イリが汗を拭う。

「空人は暑さに弱いのです」

大鳥の上はいつも涼しく、空は高みへ上るほど風が冷たくなるから、寒さには強いのだという。反対に、ライラはけろりとしている。

島の太陽は力強く、昼間は獣たちも体を休めている。もちろん、ムウマも昼の暑さの中で狩りをすることはまずない。獲物を追うのは朝夕の涼しい時分が多かった。

「洞穴の中は涼しいことが多いのにな」

山の中に時折開いている岩穴の中でウタギになっていないものは、狩りに疲れた山の民が体を休める場所となっている。時に熊や狼の住処になっているので用心しなければならないが、洞穴といえば冷涼なのが普通だ。

イリは汗を拭い、足を止めてしまった。

「ここで休んでいけばいいよ。俺とムウマでよからぬ者たちの正体を確かめてくるから」

「いえ、行きます」

ライラの言葉にイリは首を振って拒んだ。

「ここ、もともとは『窯』じゃないよな」

ムウマもぎくりとして足を止める。

「どうだろう……。『窯』ならミナオさんが入るなって言うはずだ」

洞穴の奥へと進むほど、暑さは増してくる。ムウマも既に全身汗で濡れている。

「待って」

ムウマはライラを呼び止めた。暗い洞穴はしばらく先で曲がっていて、その向こうから光が漏れているのがわかる。

足を止めると、かん、かん、と石を石で叩くような硬い音が響いてくる。三人が先へと進むにつれて、今度は水音も聞こえてくる。せせらぎというよりは、激しい流れの音のようだった。

岩陰からそっと様子をうかがうと、いくつかの人影がうずくまって岩壁を叩いていた。

壁に映る影が不気味に揺らめいている。男たちは目元に鉢巻のようなものをつけ、一心に槌（つち）を振るっているようであった。

「やっぱり岩を砕いてる……」

ライラが言った。

鉄を採るためかとムウマは考えた。

山人が何より尊ぶ銅や鉄の類は、岩から作ると聞いたことがある。ただ、役に立つ姿になれる岩はごくわずかで、さらに美しい金や銀の類はもっと稀（まれ）で、山の奥深くからほんの少し掘り出すことしかできない。その技は川人のみがもっていて、山の恵みと交換であることも知っていた。

洞窟は奥へ行くほど、広くなっていた。岩肌には鑿（のみ）の跡があり、深く掘り抜かれていることを示している。そこには数人の男が上半身裸で煮炊きをしていて、ムウマたちの姿を見て驚いている。

ライラが落ち着くよう声を掛けた。

「ミナオの村の人だね。助けに来たんだ」

だが男たちは険しい表情で首を振り、奥へと逃げていく。

「待って！」

追おうとする三人の前に、汗にまみれ、鏨や槌を構えた男たちが立ちふさがった。川人にしては屈強な体つきだが、ムウマの姿を見て怯んだようだ。その隙を見逃さず踏み込んだムウマの拳が、そのうちの一人の腹にめり込む。

「まず戦う構えを解いてくれ」

ムウマの強さに、男たちは動けない。

「ここはウタギだ。これ以上罪を重ねるな」

その時、ぼう、と洞窟内に響くような音が聞こえてきた。

男たちの向こう、洞窟の曲がり角の先に強い光が灯った。濛々とした蒸気を伴って、巨大な影が現れた。川人の里にいた怪者(けんむん)と呼ばれる、背丈も身幅も人の数倍ある巨人である。人型の首にあたる部分からは強い光が放たれ、誰が乗っているのか判然としない。

「ここから去れ、山人」

掠(かす)れたような声が聞こえた。

「村の人たちを攫って何をしていた」

「答える必要はない」

人型は蒸気を上げると、猛然と間合いを詰めてきた。ムウマはライラとイリに村人たちを出口に逃がすように言うと、身をかがめてその足元に取りついた。どれほど大きくともここを捻(ひね)れば倒せる自信があったが、強烈な熱気を吹きつけられて思わず離れる。

追いすがろうとするところを、怪者は拳を振り回した。岩が崩れ、ムウマが怯んだ隙に、洞窟の奥へと姿を消す。ムウマは追うことよりも村の人たちを助けるのが先だと考え、急いで洞窟を出た。

六

洞窟の外では、怯えたように身を寄せ合っている男たちにライラが声をかけていた。

「ウタギに入り、その奥深くを見てしまった罪は、容易には消えないのでは、と怯えているようです」

イリが心配そうに言った。ライラが大丈夫だからと励ましつつ、男たちを連れて村に向かう。するとと村のあたりから仄かな光が見えてきた。もう夜が明けたのかと思いきや、そうではない。村の人々が篝火(かがりび)を焚き、迎えの準備をしていた。

ライラの後についてきた男たちは、はじめおずおずと恐れを表に出しつつ、ついで駆け寄ってきた子供たちの姿に泣き崩れた。

じっとその様を見ていたサネクは、

「村の者たちも無事に帰ってきたようだな」

と静かに言った。ムウマから経緯を聞き終えると、小さく頷いた。

「人々に悪しき言葉を吹き込み、ウタギへと入らせていた者は既に姿を消した。後は、命じられていたとはいえウタギに入った者たちへの処遇を考えねばならない」

人々は不安げに顔を見合わせる。

「サネクさま。彼らへの罰は不要です」

ライラが横から言葉を添えるが、サネクの表情は変わらなかった。

「不要かどうか、決めるのは我々だ」

「わかっています。しかし、ウタギの中で何が行われていたか、実際に目にしてきたのは俺たちです」

「確かに。だがお前たちはアマンディに行って裁きを受ける身だ。ウタギの禁忌を犯した者たちをどうすべきか、口にする立場ではない。心配するな。何も彼らの首を斬ろうというわけではない。ただ、彼らには私の話を聞いてもらわなければならない。その間は黙って待っているように」

サネクの口調は穏やかではあったが、反論を許さぬ厳しさを伴っていた。

「それにしてもあの怪者は何なんだ。アマンディに関りのある者なのか？」

ムウマの問いに足を止めることなく、サネクは村へと戻っていった。

七

夜明けの匂いが辺りに漂う。木立の間から見える山の尾根がわずかに色を変え始めている。村に戻ると、人々は既に夫や父を迎えて家に戻っていたが、村長のミナオだけがアマンディに向かう人々を見送るために村の入口に立っていた。

そっと歩み寄って来たミナオは目を伏せて礼を言った。

「村の男たちは……」

「無事です。サネクさまは、何も問うなと言っていた」

「そうですか……」

ミナオはウタギの方を見やった。

「私たちは、これまで通りに暮らしていてもいいのですね？」

念を押すように訊ねる。ムウマは頷きかけて、迷った。

「私たちは何も変えたくありません。これまで通り、川と山と、そして空の恵みを受けて静かに生きていきたいのです。何も問うなと命じられたなら、その通りにします」

「そうできるように、サネクさまが手を打ちました。今回のことは、皆が忘れるようにと」

サネクが言うべきことを言わされているようで、ムウマは少々不愉快に思いながらも告げた。

「僕たちも当分、この村に来ることはありません。安心してこれまで通りの暮らしを続けて下さい」

「ありがとうございます」

ミナオが丁重に一礼した時、軽やかな足音が近付いてきた。

「山のお兄ちゃん！」

子供たちがムウマを取り囲んだ。

「また遊びに来いよな」

「魚の獲り方教えてあげるから」

「豊作になったら餅やるよ！」

口々に言う。そして、大きな橙色のタンカンの果実を再びムウマに手渡してくれた。痩せ細って暗い表情の村人の中で、子供たちの笑顔は輝いて見えた。

「こんな立派な実をもらったら悪いよ」

「いいって。途中で腹減ったらいけないから持ってってって！」

子供たちの中には涙を浮かべている子もいた。

「また来るよ」

「絶対だぞ！」

手を振って子供たちは親が呼んでいる方に帰っていく。

何とも割り切れない思いを抱えて、ムウマは檻車に乗った。ライラとイリも既に車に乗り、雲の海の方を見ている。ムウマは山を見ていた。厚い雲が垂れこめて、尾根筋は見えなくなっている。車はやがて動き出し、村はすぐに見えなくなった。

「この村、また来ないとな」

ムウマが言うと、無理だよ、とライラはため息をついた。

「山人が川人の村に軽々しく行けるはずないだろ」

「そう、だったな……」

だがムウマは別のことを考えていた。何故軽々しく行ってはならないのか。川人の子供たちの作った罠にかかった獲物を、山人の自分が獲ってやった。互いにできることを融通しあえた。ごく自然にそうしていた。

ライラやイリだってそうだ。時に腹の立つことはあるけど、ここまで旅路を共にしても何が交わって不都合なのかわからない。

「それにしてもあの怪者、どこから来たんだろう」

ライラが誰に問うともなく呟いた。イリは黙って檻車の床を見つめている。

「……川人として怪者をウタギに入れていいと許したことはない」

「わざわざ口に出すことですか」

「あんな罪作りなこと、していいわけがない。川人のせいだと思われたくないんだ」

「誰もそんなこと言っていませんが」

雨の下の旅路は退屈で仕方がなく、ムウマにはこのやり取りがありがたくもあった。少なくとも、言い合いを聞いている間は気が紛れる。

島の西側に拓かれた道をさらに数日、点在する川人の小さな村に宿をとりつつ進んだ。ミナオの村でのような事件は起きなかったが、湖のように静かな雲の海が広がっていたり、雲の海からヒルギの木立が盛り上がっているような不思議な光景は、無聊（ぶりょう）を慰めてくれた。

「ほんの少し低くなった所に雲が流れ込んでいます。あのヒルギという木は、水がなくても、雲から直接潤いを摂（と）ることができます。このヒルギの雲海を過ぎれば、間もなくアマンディが見えてくるはずです」

そうイリは教えてくれた。

八

彼女の言葉通り、雲からの木立を過ぎて山裾を大きく回ったところで、風景が一変した。険しく高く、そして美しい稜線を持つ山が目の前に現れた。道の凹凸がなくなり、幅が徐々に広くなっていく。つづら折りの道をゆっくりと登っていくうちに、道の両側から木立が消え、丈が長く明るい色の緑草に覆われた景色へと変わった。

「空人の里が近いのか……」

ライラが格子に取り付いて空を指した。何羽もの大鳥が遥か上空で優美な円を描いていた。その大鳥たちの下に集落があり、集落を近くに望める小さな鞍部で檻車は止まった。出るように命じられたムウマは大きく伸びをした。

「関所に到着を告げてくる。あまり遠くには行かないように」

サネクはわずかな供を連れて坂道を登っていく。

目の前には巨大なヒルギがそびえ、緑の傘を大きく広げている。見上げるような巨木だが、その後ろにそびえるアマンディの威容に、むしろ小さく見える。

「あのヒルギは空人のウタギです」

イリが懐かしそうに目を細めた。ヒルギの巨木は山の中でも見かけるが、これほどのものは珍しい。

「アマンディの指先、とも言われています。聖山と外の世界はあのヒルギで繋がっているという言い伝えもあります」

村の入口で山へと続く道が分かれ、その先に砦のように大きく堅牢そうな関所が人々の出入りを見張っている。

関所の建物は空人の家々に比べれば随分と大きい。その大門からは、山腹を取り囲むように、高い壁と逆茂木が延々と左右に広がって、下界と山を隔てているようだ。大門は開いているが、門番が警護しているのが見えた。

ヒルギの巨木を囲むように、木々を丸く組んで建てられた大小の家々が建ち並んでいる。

鳥の巣のような家だ、とムウマは思った。

細い枝を無数に組み合わせて積み上げただけのように見える。だが、近付いて見ると複雑に切れ込みを入れて組み上げられているので、見た目よりも堅牢そうだ。それぞれの家の壁には、大鳥の紋様が刻まれた木板が掲げられている。

「もっと豊かに暮らしているのかと思っていた」

ライラが意外そうに言った。

山の恵みも年に二度貢租としてアマンディへ持ち去っていく。緑深い山を駆け回ってようやく手に入れた獣の皮や珍しい茸や果実、宝石などは全て聖なる山へと運び去られ、その役割を担っているのが空人だ。

「だから、全てアマンディに納めるだけで何も手元には残らないと言ったではありませんか」

質素な家並みの他には、大きな豆に似た実をつけた木が畑に植えられているのが目についた。

「あれは？」

とライラが訊ねた。

「モダマです。人も食べますが、主に大鳥の餌となります」

そして、鳥の巣のような建物の多くは大小で一対となっていた。大きな方の建物の入り口が丸く大きく切り抜かれていたのでムウマが見に行こうと近付く。ムウマが背伸びしても届かぬほどに高い入口だ。

近付くと、中からイリに似た軽やかな香りが漂ってきた。獣とも人とも違う匂いだ。その匂いの向こうに強い眼光を感じて、思わず後ずさる。暗い小屋の中から、いくつもの瞳がこちらを見つめていた。

「この家の子は子育て中ですからあまり近付かない方がいいですよ」

イリに注意された。

「大鳥の巣の隣に住んでいるんだな」

「そうです。空人は大鳥と共にあり、家族同然なのです」

イリの横顔には強い悲しみが浮かんでいた。亡くした自分の大鳥の事を思い出しているようだ。

「壁に提げられた木板にはその家の大鳥のことが刻まれています。鳥を見ればどの家の誰かがわかります」

そして一軒の家を指す。

「あれが私の家です」

同じように小さな家と大きな鳥小屋が対になっているが、人影がない。

「川人と山人がこの里に入ったので、皆隠れているのです。でも、かえって都合が良かったかもしれません。ハヤテのこともありますから……」

「挨拶くらいさせてくれてもいいのに」

ライラの言葉にイリは首を振った。

「他の民と交わることに慣れていません」

「イリはそうでもなさそうなのに」

「この旅路で慣れたのですよ。どうしようもないです。そんなことを言っている場合では、もうないのですが……」

村から山を見上げると、サネクが鉄の甲冑(かっちゅう)をまとった男と話しているのが見えた。

「イリさま！」

不意に声が聞こえた。一人の少女が駆け寄ってくる。小柄なイリよりもさらに小さく、幼いようだった。

「カナ！」

イリが見たこともないような明るい笑顔で、少女と手を取り合う。

「ご無事だったのですね。雲の王に追われて川人の里に落ちたと聞いて心配していました」

少女はイリと同じく、細い袖の筒衣を着ていたが、額には雲のような紋様が描かれた布を巻いている。額から目の周囲にかけて、布と同じ紋様の化粧を施していた。

「無事……ではないのです」

大鳥ハヤテの死を告げると、少女は眉とくちびるを歪め、やがて顔を覆った。そして人差し指を雲の海と太陽に向けて、小さく祈りの言葉を呟いた。

「友は風となりました。風ある限りあなたと共にあります」

少女が祈りを捧げている間、敬虔（けいけん）な表情で頭を垂れていたイリは、少女と同じく祈りを終えると雲を指した。

「お帰りを皆で喜びたいのですが、イリキさまに凶事があったと皆が怯えています」

「それが……」

事情を聞いたカナは、檻車を見てはっと口を抑えた。

「私のことは心配しないで」

「……必ず戻ってきて下さい。もはやイリさましか頼れる人はいません」

二人は手を握り合い、名残惜しそうに別れた。村の入り口から振り返ると、アマンディの頂へと続く街道が山並みをなぞるように続いている。村の前の道から見上げたところに、アマンディと俗界を隔てる関所があった。三人がサネクに呼ばれて関所の門まで登ると、数人の役人が出てきて一行を検分した。

「山人のムウマ、川人のライラ、それに空人のイリだな。三人のアジ殺害に関わり、ウタギを穢した罪を王神の前で裁かれることになる」

一人が冷ややかに言い渡した。

「この先はアマンディの領域となる。ここまで来れば逃げる心配もなかろう」

「逃げるならミナオさんの村で逃げてるよ」

ムウマは鼻を鳴らして腕をさすった。

「どこかで水でも浴びたいよ」

腕の辺りの匂いを嗅いで言った。

「王神の前に出るのだから、身は清めなければならん」

サネクが苦笑して言った。

「身を清めて衣を換えたら、王神の執政殿へと向かい、裁きを受けてもらう」

その館は、空人の国とアマンディの頂の、ちょうど真ん中あたりにあるという。

「あの関所は聖と俗の境だ。そこから上は、空人も大鳥で近づくことは許されない。王神に認められた者だけが登ることを許されている」

三人はサネクの言葉に頷いた。隠れていた人々の姿が家々の間に見える。その時である。ごう、と空から何か重い音が聞こえた。

「風の音がおかしい」

イリが身構えた。その視線の先には、波立つ雲の海が広がっている。その一部が、大きく膨み始めていた。その光景を、ムウマは目にしたことがあった。

「嘘だ。こんな所に……」

イリの声が震えている。雲の膨らみに、空人たちも気付いたらしい。大鳥たちが次々に小屋から出て飛び立ってゆく。雲が割れ、そこから巨大な龍身が姿を現した。日の光を浴びて銀光を放つ鱗(うろこ)が眩く目を射る。

「雲の、王……」

雲の王は口を大きく開く。白い牙が剝き出しになったかと思うと、その巨体が一瞬震えたように見えた。その直後、大鳥たちは風に吹き飛ばされて散り散りになり、ムウマたちも突然襲い掛かってきた風圧と轟音に倒された。風が弱まってムウマが何とか起き上がると、雲の王が空人の村へとゆっくりと近付いているのが見えた。

第五章

一

風によろめいていた大鳥たちが再び整然と隊列を組み、雲の王へと向かっていく。

「あの人たち、雲の王と戦うつもりか」

ムウマの問いにイリはじっと空を見上げたまま動かない。ただその背中からは切迫した思いが伝わってくる。

「急ごう」

ムウマはイリを抱き上げると、一気に坂道を駆け下りた。イリは拳を強く握って顔を背けるが、ただ黙って運ばれていた。

「皆のところに行けばいいのかな」

ムウマの問いにイリは頷いた。

「雲の王は私に怒っているはずです」

「どうして？」

「彼の巣を荒らしたのは私だから」

「確かに……」

大鳥たちは円を描くように飛び、みるみる高度を上げていく。雲の王の前へと昇った大鳥は十羽を越えている。ゆったりとした光景に見えるが、雲の王の禍々しい咆哮がこちらの心胆を冷やす。

雲の王が首をもたげた。吹き下ろしてきた猛烈な風が空人の家を吹き飛ばす。だがその風を押し返すように、重くくぐもった羽音に似た音が響いた。

光が見えない壁に止められている。見えないが、それは音の壁となって感じられた。近づくほどに、音の壁の厚さが伝わってくる。

「何だ今のは……」

「村の祝女の護りの祈りです」

「祝女？」

「アマンディの神を奉じる乙女たちです。彼女たちの祈りで聖なる山の力を得ます。空も山も時に激しく荒れ狂い、空と山に近い空人の里は容易に滅びの縁に立たされます。そこから里を守るために祝女たちは祈りの力を鍛えるのです」

羽音は次第に大きくなっていく。雲の王が祝女たちに気付き、目を細めてゆっくりと高度を下げ始めた。

その間にも大鳥に乗った空人の戦士たちは雲の王の周りを旋回しつつ弓を放ち、槍を投げて挑みかかっている。銀色に光る鱗を貫き通そうとしているのではなく、何とかその気を自分たちに向けようとしているようであった。

雲の王の鼻先に、白い光が浮かんだ。ムウマは背中に寒気が走るのを感じた。その光を放つことによって、多くの命が消し飛ばされる。そんな嫌な予感がしたのである。

銀の中に鮮やかな紅が見える。地響きと共に耳に激痛が走り、同時に閃光が雲の王から放たれた。

「まずい！」

ムウマは目を閉じた。閉じた瞼(まぶた)の向こうからも光を感じられるほどだ。その光はいつまで経っても引いていかない。おそるおそる目を開けると、雲の王の放った光の玉は、空人の里の手前で止まっていた。

「今のうちに行くぞ」

音と光は風となって感じられるほどに激しくなっていた。イリはムウマの腕の中から飛び降りると、仲間のもとへ近付いていく。

雲の王は己の力を跳ね返そうとしている小さな存在を興味深く見つめているようですらあった。

あの時と同じだ。凶暴な獣の表情をしていながら、その瞳の奥には得体のしれない静けさがあった。こちらに大切なことを問いかけてくるような、不思議な叡智を感じさせた。

何を僕に告げたいんだ。

ムウマは問いかけたが、光と音の壁に阻まれる。イリが雲の王に向かい、

「自分こそがあなたの巣を荒らした者です」

と訴えかけているが、雲の王自身はそよ風にでも吹かれたかのように、わずかに目を細めただけであった。ムウマはイリのもとへと駆け寄り、一瞬ためらった後に弓を構えるのをやめた。

「雲の王よ、聞いて下さい」

イリは空に響く声で呼びかけた。

「あなたの眠りを乱したのは私です。この里の者には関りのないこと。その牙と爪で罰を与えるのであれば、私にしてください」

雲の王の瞳には、何の感情も浮かんでいない。だが、その顔の前に小さい光の玉が再び浮かび始めていた。それは明らかに、イリへと向けられている。

「雲の王、イリがしたことがそこまで許せないことなのか。わざとではなく、己の非も認めている相手を滅ぼすのが雲の王の度量なのか！」

ムウマは叫んでイリの前に立ち、弓を構えた。


変を求める愚かな者たちよ。もはや滅びの道しか残されておらぬ。


頭の中に殷々(いんいん)と声が響く。

雲の王は静かにムウマたちを見下ろしている。その視線は確かに自分とイリを捉えているように思える。だが、イリに聞こえている様子はなかった。

再び祈りの盾が眼前に現れつつあった。だが、イリは後ろを振り向くと、

「皆を止めます！」

と叫んだ。

ムウマは祈りの場を見て言葉を失った。十数人いる空人の祝女のうち、無事でいるのは半数足らず。残りは耳や口からおびただしい血を流し、倒れ伏していた。

しかし、祝女たちは仲間が倒れても、詠唱を止めない。その盾が先ほどより薄く小さくなっても、仲間と里を守るために命を懸けていた。詠唱の言葉は、不可思議な旋律を伴ってムウマを包み込む。

ライラの舞いを見ている時のような、心の昂ぶりが生まれる。

祈りの盾に押された雲の王は一度空をめぐると、再び視線を地上へ向ける。

「皆の祈りでも防げない……」

イリがくちびるを噛む。

だが流れる詠唱に誘われるように、ライラが躍り出た。雲の王を見てわずかに目を伏せ、指をぴんと伸ばして天地を指す。その美しくしなやかな姿を見てムウマははっとなった。それは川人の里でライラが見せた舞い姿だった。

「こんな時に」

制止しようとするイリの手をムウマは摑んだ。

「舞わせてやってくれ」

宴の場で見た華やかで艶やかな舞ではない。すっきりと伸びた指が、祈りに合わせて優しく空を撫でる。荒ぶる雲の王と対をなすような静かな舞だ。風を震わせる怒りの気配が、ふと和らいだ。

祝女たちの祈りの調子が変わった。重い詠唱が明るさを帯びた歌声へと変わっている。それにつれて、ライラの舞も変わる。軽やかに地を踏み、体を旋回させる。風と遊ぶような舞を見ていた雲の王が、やがて大きく喉を反らすと高い空へ昇り、ライラの舞に合わせるように体を回した。

ムウマが荒い息をつきながら顔を上げると、里のすぐ上空にいた雲の王の姿がない。空の向こうに押しやられた雲の王は、一つ吼(ほ)えると雲の中へと消えていった。

「助かったのか……」

舞い終えたライラが膝をついた。ムウマが助け起こすと、

「俺、雲の王と話してみたかった」

ライラは波打つ雲を見つめながら言った。

「俺たちをあまり痛めつけないで欲しい、と頼みたかった。言葉が通じる気はしなかった。だったら舞うしかないと思ったんだ」

「舞は通じたんだろうか」

ライラは、わからない、と首を振った。イリはくちびるを噛んで二人に背を向けると、早足で倒れている祝女たちのもとへと向かった。

二

祈りをもっぱらとする祝女が身に付ける衣は、彩に満ちていた。

「この華やかな色合いは、キッキャの羽根を表しています」

横たえられている少女の傍らに跪いていたイリが言った。

キッキャは山にもいる色鮮やかな鳥である。色は派手だが動きが速く、キッキャを仕留めて飾りをつけるのが狩りに長けている証であった。もちろん、ムウマの衣にもある。

壊れた家を、人々が片付けている。傷ついた祝女たちを里の人たちが介抱し、大鳥たちのうち数羽が手当てを受け、中には傷ついた祝女の傍らで心配そうに座り、羽根で守ろうとするかのように影を作ってやっているものもいた。

そして、弔いの祈りが空人の里を重く覆っている。

雲の王に対する時のように声と心を揃えるのではなく、それぞれの悲しみが空へと放たれる。親しき者を失ったひときわ強い哭声(こくせい)が、ムウマの心を波立たせた。

祝女の祈りの盾とライラの舞のおかげで、里は雲の王の怒りから守られた。里の祝女のうち半ばが倒れたものの、そのほとんどが大事に至らずに済んだ。

だが、年若い祝女の少女が一人、帰らぬ人となった。

白木の板の上に、命を落とした少女は横たえられている。

「カナ……」

イリの頬を流れ落ちる涙が絶えることはなかった。

空人たちは大鳥を駆りやすいよう、袖と裾を細く絞った衣を着ている。黒一色の弔い着が、永遠の眠りについた少女の華やかな衣を際立たせていた。

人々はカナに触れ、別れを告げている。

「人の手のひらは全て違う。空人の間では触れられたことだけは、死者に伝わるといわれています」

山とは逆なのだな、とムウマは思った。山でも死者は敬されるが、同時に穢れでもある。命と切り離された肉体は山の一部へと戻るが、骨へと変わるまで触れることは許されない。

「親しき者のぬくもりと共に、旅立ちます」

「空へ？」

「空人の死は無への旅立ちです。山人のように山に還ったり、川人のようにまた地上に生まれ変わってくる、ということもありません」

一つ気になることがあった。他の者たちは悲しみを懸命に抑えて死者に優しく触れているのに、イリは手をかざして哀悼の意を表したものの、近づいて触れようとはしない。

「どうしていってやらないんだ？」

「私にはカナに触れる資格がありません」

「あの子が悲しむんじゃないか。村を守るために命を張ったんだ。イリがすべきは自分を責めることじゃなくて、カナを称えることだ」

　仲間を守って、自身も助かるのが何より素晴らしい。だが仲間のために戦い命を落とした者には、最高の称賛が与えられるべきだとムウマは考えていた。祈りの力を盾とし、雲の王と互角に渡り合った彼女は、とてつもない戦士だ。

「そういうことではなくて……」

　ムウマは空人が誰一人イリを見ていないことに気付いた。

「空人は王神の耳目です。山や川の人々と交わるのは禁じられています」

「禁じられていますといっても、仕方ないじゃないか」

　ライラは言うが、空人たちはイリやムウマたちすらも、いないものとして振る舞っていた。ムウマが近付こうとするのをイリは止める。

「あの子はイリのことが好きだった。さっき駆け寄ってきた時の気配でわかる」

「でも……」

「あの子がイリを好きだったように、イリもあの子を可愛がっていた。そうなんだろ？　このまま天地に還る前に、イリの流儀で弔ってやるのに穢れも何もない」

「ありがとう。でも、もう少し待ってください」

　イリは迷っていたが、最後の一人がカナに触れた後、意を決してゆっくりとカナに近付いていく。空人たちは表情を消したまま、距離をとった。イリは永き眠りについた少女の白い頬にそっと触れ、祈りを捧げた。

　彼女が離れると、白と黒の衣を着た空人が数人、カナの遺骸（いがい）の乗った板をそっと担ぎ上げる。

葬列の先頭には祝女たちが立ち、白い花びらを振りまきつつ雲と島の境へと運んでいった。

「イリキさんが殺されて、みな殺気立っています」

葬列を見送ったイリは、疲れ果てたようにため息をついた。

「俺だって父上を殺されてるんだぞ。ムウマだってそうだ」

ライラは言う。

「空人にとっては、客人として訪れた川人の国で、アジに代わる人物が殺されたことが問題なのです」

「こっちだって川人の里で川人のアジが、俺の父上が殺されてるんだぞ。同じだろ？」

「違います」

「やめよう。カナさんを送る場だ」

イリもはっとして冷静さを取り戻し、頷いた。ムウマたちが村を出ると、サネクが一人待っていた。特に捕縛して連れて行こう、という風でもない。

「あなたは弔いにいかないのか。もともと空人だろ？」

「今の私はアマンディに仕える身だ」

ムウマが言うと、サネクはちらりと村へと視線を投げかけ、関所への坂道を登り始めた。ムウマたちもその後に続く。

「見応えがあった」

サネクは感心したように言った。

「あんたはあまり慌てていないんだな」

「慌てるのは、その事態を想定していないからだ」

「雲の王に襲われるのも予想してたってこと?」

「それが今日とは考えていなかったが、そのための心構えをしている」

サネクは表情を消したまま言った。

「アマンディの王神は島の全てを見通しておられる。雲の王がいかに強大な力を持っていようとも、それにどう対するか既にお考えだ」

ムウマの言葉を聞いて、サネクはくすりと笑った。

「全てを見通しているなら、イリが雲の王の巣を乱さないように言ってくれればよかったのに」

「見通しているのは大きなことだよ。この島全体を明日へと導くための見通しなら立てている。一人一人のことまで面倒を見られるわけではない」

「一人一人の積み重ねで島全体があるのではないのか」

「それも理屈だな」

サネクは特に反論せず、ムウマの言葉を流した。

三

自分たちの場所へ帰って来た、という安堵がアマンディの兵たちの表情の中に垣間見えた。

空人の里は、アマンディの斜面に築かれていた。ウタギでもあり村の象徴でもあるヒルギの大木から広い坂道を上がると、堅牢な砦のような関所がある。関を越えるとアマンディの主峰へと登る道が続き、馬車が通れるほどに広く、堅い。

美しく末広がりとなった山容を振り返ると、雲の王の力に削られた一部だけが痛々しく崩れているのが見えた。イリは自分のつま先あたりに視線を落とし、黙ったまま歩いている。

石が敷き詰められた道は頂へ延々と続いていく。高みが増すほどに、暑さを感じるようになった。歩いているから暑いのかと思ったがそうではない。雲の海がはるか眼下に見えるほどの高さに来ているのに、吹き抜ける風が温かさを増しているのだ。

「王神の宮殿があるようには見えないな」

「この山肌の下に宮殿がある」

一つ大きな坂を越えたところで、ムウマたちは足を止めた。大きな穴が開いており、もくもくと白い煙が立ち上っている。

「『窯』に入るのか」

軽々しく近付いてよい場所ではない。どうしても腰が引けてしまう。

「アマンディが何故聖なる山か。それは人々の命の故郷であるだけでなく、雲と風が生まれる場所だからこそ、島の人々を統べる王神の宮殿もあるのだ」

大きな穴から立ち上っているのは、熱い蒸気だ。その穴の横には幅の広い階段が設えられており、人々はそこを往来している。

「ここが聖なるアマンディの入り口だ。行くぞ」

白い蒸気が空へと上がり、風に乗って時折顔にも吹き付けてくる。この温かく湿った、大きく胸の中まで吸い込みたくなる香りは、まさに山の匂いであった。

「こんな大きな『窯』は見たことない……」

ムウマは頂を見上げた。

「島の恵みの全ては、アマンディに源を発する。それにもっと大きな『窯』は山の頂にある。遠くからでも見えるだろう？」

頂は見えないが、一羽の大鳥が円を描いて飛んでいる。

「空人は入れないんじゃなかったのか」

「あれは王神の大鳥だ。山を離れられぬ王神の代わりに、使いに出ることがある」

大鳥はどこかに降り立ったのか、姿を消した。

磨き上げられた白い石段が『窯』の中に続いている。宮殿は山肌に建っているのではなく、山を掘り抜いて築かれていた。両脇には煌々と灯りがともされ、暗さを感じることはない。石段はいくつにも枝分かれし、やがて行き止まりに至った。木と鉄で組んだ扉があり、小さな部屋がある。

「王神さまに謁するための衣に換えるように」

サネクが命じた。

「中に王神さまに謁見するための衣が用意してある。奥には行水場もあるから、その汚れた服を換えて体を清めるのだ」

「人前で裸になるのはいやだぞ」

ライラは抗議したが、命じたとおりにせよとにべもなかった。

イリが黙って服を脱ぎ始めたので、ムウマは慌てて背中を向けた。妻となる人以外の女性の裸体はみだりに見てはならないと教えられている。

「おい」

同じように背中を向けているライラに、ムウマは着替えるように促した。

「何でだよ」

「女の人は先に着替えてくれ」

「俺は男……」

「わかったから」

ライラはどこか肩を落として立ち上がり、着替えにかかった。

四

濃い湿気を含んだ匂いが変わった、とムウマは感じた。

『窯』の中に掘り抜かれた道から暑さが消え、奥へと行くほどに花の香りが強くなってきた。大きな祭りの際には、ウタギやウガンジョに供えられる、シュクシャという花が放つ甘く濃い香りだ。

香りの源へ続くように、道はさらに下っていく。ぽつりぽつりとすれ違うだけだった人の数が、奥へ進むにつれて増えてきた。皆、袖と裾のゆったりした薄い生地の長衣を身にまとっている。ほとんどが引き締まった細い体つきの空人のようだった。山で鍾乳洞に足を踏み入れたことがあるが、普通は湿った岩の臭いがするだけで花の香りはしない。

石の道がひらけたあたりでは肩が触れ合うほどに多くの人が行き交い始め、花や香を売る店も出ていた。

「山の中にこんな場所があるのですね」

イリも知らなかったのか、しきりに周囲を見回している。

広い道と街の賑わいを過ぎると、大きな空間に出た。周囲の壁には凹凸がある。自然にできたものではなく、誰かが刻んだかのように紋様らしきものが彫られている。

「古い文字かな……」

ライラが言った。

「川人は互いの意思を伝えるのに文字を使うんだ」

「山人は使わないな」

「不便じゃないの」

「木や岩に目印を残したりするし、何か急ぎの用があれば烽火(のろし)を使えばいいから」

巨大な穹廬(きゅうろ)の中に、ひときわ人が集まっている場所がある。シュクシャの花で囲まれ、ひときわ神々しく見える。花を取り巻くようにいくつもの燈明が明るく輝いているが、木や油を燃やしているようだ。

人が群がり集まっている場所には、十数個の卓があり、円状に並んでいる。

ムウマはウカミダマの徴がある胸のあたりが熱を持っているのを感じて、思わず押さえた。

卓にはそれぞれ純白の衣を着た人物がついている。長い髪を背中まで垂らしている者が多く、横顔は老いている。しかし、何かを書き記したり、集まって来る者たちに指示を与える声や動きは、例外なく活力に満ちていた。

「あれに見えるは王神さまを支える大臣たちだ」

サネクはそう言うとムウマたちをとどめ、大臣たちのもとへと歩いていった。

「どうした?」

イリが足を止め、執務に励む男の一人を見つめている。

「いえ……」

そのうちにサネクが朗々とした声で奏上を始めた。

「王神さま、および大臣の皆さまに申し上げます。アジの殺害及び、ウタギを穢した罪につき、山人のムウマ、川人のライラ、そして空人のイリを連れてまいりました。ムウマ、ライラ、イリ、こちらへ」

三人が近付いていくと、大臣たちは手を止めた。ムウマはその時、入り口から向かって一番奥の壁際に座っている人物だけが、他の者と違って忙しく働いていないことに気付いた。

別格の威厳と気品を湛(たた)えるその人物は空人にしては大柄で、年若い。自分たちと同じくらいかと思うほどに幼い顔立ちをしていたが、近づくほどにその年齢がわからなくなった。彼の気配は里の長老のように落ち着き、叡智に満ちている。

目が合うと、ムウマは思わず視線を外した。そうしてから、はっと気づく。相手の気魄(きはく)に押されている証拠だ。

「王神コクランの名において、裁きを行う」

大臣の一人が言うと、あれだけの人が往来していた大きな穹廬から人影がなくなった。最後の足音が去ると、急に冷気が吹きこんできたような気がした。

王神と大臣たちは座したまま三人へと目を向けた。イリが微かに震え始めている。その時、王神が初めて口を開いた。

「寒いか」

「大丈夫です」

イリは首を振って背筋を伸ばした。ライラも顎を上げるようにして、アマンディの領袖たちの気配に抗おうとしている。

「珍しい取り合わせがあったものだ」

裁きの時、という割には随分と柔らかな声を、王神コクランは発した。

「山と川と空のアジの子が、罪を背負ってやってくる。なるほど、我らの天地にも容易ならざる事態が迫っているのだな」

ムウマたちはサネクに促されて膝をつく。

「その真実を見抜く目で、彼らの罪をお量り下さい」

そう奏上し、ムウマたちの後ろへ下がった。

「さて」

コクランは卓の上に肘をつき、三人を順に見つめた。

「一つずつ訊ねよう。まず空人のイリよ」

「はい」

イリは震えつつ頭を下げる。奇妙な光景だ、とムウマは思った。王神は空人のアジが務めることになっている。そうすると、イリはこのコクランの娘であるはずだ。だが、コクランはイリを娘と見ている様子はないし、イリも王に対する態度をとっている。

「お前は大鳥を操ることを許されていながらその羽根さばきを誤り、川人の里へと落ちたと聞く。間違いはないか」

はい、とイリは頷く。

「巣を乱したことで雲の王を怒らせたことは？」

「それも間違いありません。しかしわざとでは……」

「私は起きた事実を問うている。故意かどうかは後で聞こう」

柔らかな声だが、きん、と風が耳元で鳴ったような気がした。これがアマンディの主の気配なのか、とムウマは全身でその威風を感じていた。

「続けてよいか」

イリは横顔に汗をかきつつ頷いた。

「川人のウタギを穢し、それなるムウマとライラと謀った上でその事実を隠そうとした」

「穢したのは事実ですが、隠そうとしたことはありません。川人の前に自ら名乗りました」

イリは落ち着きを取り戻し、コクランにまっすぐ言葉を放った。先ほどまで明らかに怯えを見せていたイリが堂々と王神に対している。一方、ライラは手を握ったり開いたりと落ち着かない。

「なるほど。では次だ」

コクランは続いて同じ問いをムウマに投げかけた。もちろん事実は事実として答え、そうでない問いは否定する。本当のことを言えばいいだけだから慌てることもなかったが、問題はライラであった。

王神の気配に圧され、何を問われても答えが出てこないようだった。どん、と大きな音がしてそちらを見ると、大臣の一人が卓を叩いている。

「王神の問いに答えぬとは無礼である」

「よい」

コクランは手を上げて制する。王神の言葉に、大臣は目を伏せた。

「真実を隠すことは誰にもできぬ。如何に巧みに欺こうとも、それは目の前にいる人の心をわずかに覆うのみ。聖なるアマンディの峰の力と一体となった私の前ではあらゆる偽りは用をなさぬ」

コクランの目は、異様に黒かった。穹廬の中を照らす青い光のせいで黒く見えるわけではない。コクランの瞳から流れ出るのは圧倒的な闇だ。恐ろしさと、中に惹きこまれそうな甘美な力がそこにはあった。

「ライラ、もう一度答えよ」

王神に促されたライラは、何とか背筋を伸ばし、口を開いた。

「川人のウタギでイリを匿おうと提案したのは俺です。この子は自ら望んでウタギを穢したわけではありません。もちろん、そのような言い訳が許されないのもわかっています。しかし、イリは兄弟のように共に育った大鳥を失い、足を怪我してもいました。十分に罰を受けています」

「川人らしき理の立て方だな。最善と思われる行いを選ぶのに長けているが、それが禁忌より優れていると考えがちだ。罰を受けなければならないかどうか、決めるのはお前か？」

ライラの顔がさっと青ざめた。

「違います……」

「そしてもっとも重い罪であることは、アジに対する反逆だ。アジは私が認め、其々(それぞれ)の民が平穏に暮らせるよう政を任せている、いわば私の身代わりといってよい存在だ。彼らに危害を加えることは王神たる私への反逆であり、聖なるアマンディへの挑戦である」

それはムウマもよく理解していることであり、ライラが断じてその犯人ではないこともわかっている。ムウマたちは声を揃え、アジを殺害したことだけは強く否定した。

「いかがでございますか」

大臣の一人が重々しい声でコクランに訊ねた。

「彼らはいくつもの罪を犯している。そもそも、山、川、空の民はみだりに交わってはならない」

さらに、とコクランは続けた。

「ウタギを穢したことを隠そうとしたのは非常に罪深い」

大臣たちはその通りです、と頷いた。そのうちの一人が発言の許しを請うた。

「彼らには厳しい刑をもって当たるべきです」

そう言って立ち上がる。

「禁忌をこのように重ねて破るような、不逞な者はこれまで長く現れませんでした。記録によれば、みだりに交わる罪ではここ十三年ぶり。ウタギを穢す罪、これは他の民のウタギということになりますが、それで三十五年ぶり。アジに危害を加えようとする罪を犯す者は百七十年ぶりです。もちろん、三つの禁忌を同時に破るという者は史書にも記載がありません」

王神は肘をついたまま瞑目していたが、やがて口を開いた。

「禁忌を破ってしまうのは、その魂が穢れているからだ。肉体と魂は深く結びついて、互いに影響を与えあう。外の世界に触れている肉体はより汚れやすく、本来美しいはずの魂の輝きを奪ってしまう。その穢れが甚だしい時には……」

コクランは一度言葉を切った。

「肉体と魂を切り離し、魂をアマンディへと還して浄化する」

その言葉の意味するところを理解するのに、しばらく時間がかかった。さすがにムウマも背筋に寒いものが走る。

「だが、島の民は等しく我らの愛子でもある。その肉体を滅ぼす時には慎重でなければならない」

「と、申しますと？」

大臣の一人が怪訝そうな表情を浮かべて訊ねた。

「もし彼らがこれら全ての罪を重ねていたなら、斟酌する必要はないだろう。だが、裁きは真実のもとに下されなければならない。私の目にはまだはっきりと真実が見えぬ」

大臣たちは戸惑ったように顔を見合わせる。コクランは初めて立ち上がった。

ライガよりも背が高く、ドウマよりも肩幅が広い。そこにイリに似た若々しく美しい顔が乗っているので、異相に見える。

「この三人が犯した罪につき、詳細に訴え出た者がいる」

コクランが後ろに目をやると、サネクがわずかに目を伏せて進み出てきた。

「川人の国で異変あり、と急報を受けて向かったお前を案内した者は誰か」

「ライガさまを警護する役割を担っていたドネルという人物です。彼から事件を詳らかに聞き、そしてこれにある少年たちがもっとも怪しいとみてこちらに連れてまいりました」

コクランは深く黒い瞳を三人に向けた。

「彼らの言葉からは偽りを感じることはできなかった。真実を見通す私の目を欺く力が彼らにあるとは思えないが、軽々に断ずるのもまたよからぬことだ。さきほど、私の大鳥、マニシに証人を迎えに行かせた。証人をこれへ」

穹廬の奥から、一人の男が胸を反らせて歩み出てきた。

「ドネル……」

ライラは驚き、王神を見上げる。

「現場を見ていた者の中で人々を束ねる立場にあった者だ。証人としてふさわしかろう」

ドネルは怒りに顔を紅潮させているライラを見てにやりと笑うと、威儀を正して王神たちの前に進み出た。恭しく跪き、

「我が魂はアマンディより授かりしことを感謝し、捨身尽忠の誠を王神さまに捧げんことを誓う」

己の忠誠を声高に述べて挨拶をした。

「立派な口上だ」

コクランは頷く。

「だが、巧みな言葉には偽りが潜みやすい」

「私が偽りを申すはずがございません。彼らは年若いですが、多くの禁忌を破った上にアジたちの命を奪うような不埒者。その魂胆は悪鬼のごとくねじ曲がり、王神さまの目すら眩まそうとするでしょう」

「そうではない、とは言い切れぬな。しかし、どうしてドネルにそれがわかるのだ」

コクランの言葉に、ドネルは一瞬答えに窮した。

「それは、ライガさまたちが殺められた直後の場に踏み込み、その後の尋問でライラさまが白状されたのを聞いておりますゆえ」

「しかし、ライラは後でやっていないと言葉を翻したのであろう」

「罪の大きさに恐ろしくなったのでございましょうな」

「だからどうして、それがわかるのだ」

コクランの黒い瞳の奥に、きらめくような光が宿っていた。

「この一件、実に興味深い。私の目にも真実が見えない。こんなことは、私が王神になって初めてだ」

ドネルは怯えている猫のように、わずかに背を丸めて王神に対していた。

「島は苦悶(くもん)の声を上げている。島の声は聖なる山を通じて私に伝わる。人々を代表する三人のアジが命を落としたことも何かの兆しなのだろう」

コクランの黒い瞳が、心を見通すようにムウマたちを見つめてくる。

「山から出て山に戻る風は全ての真実を知っている。私が未熟ゆえに誰かの偽りを見抜けていないのだとしたら、裁きはこのアマンディの峰自身につけてもらわなければならない」

「もしや……」

大臣たちは顔を見合わせた。

「マイサトを行う」

コクランは一同に告げた。その言葉を聞いたドネルは、望むところです、と拳を叩き合わせた。

五

ムウマと王神たちは、穹廬の端に設えられた大きな扉を開いた。天井の高い通路がしばらく続き、やがて外に出た。そこには大きな馬場ほどの広場があり、その中央には数羽の大鳥が羽根を休めている。

「マイサトの場には大鳥に乗って向かう」

サネクと数人のアマンディ兵が大鳥の手綱を握っていた。

「マイサトとは何だ」

ムウマがイリに訊ねると、

「知らないのですか。アマンディの神に真実を判じてもらうのです」

「どうやって」

「戦うのですよ。私も目にしたことはないのですが、アマンディの神前で雌雄を決するのです。正しき言葉を口にしている方が勝ちます」

「正しき言葉？」

「私たち空人は鳥たちの声を聞くことができますが、アマンディは島の風で全ての声を集めることができます。マイサトの神事はまさに、山の前で互いの知るところを話し、真偽を判じてもらうことです」

「俺は出ない方がいいと思う」

コクランは三人に向かって、誰がマイサトに出るのか訊ねた。

ライラが言うと、ムウマとイリは驚いた。

「どうしてだよ」

「俺はあまり弁が立たない」

「雄弁かどうかと言葉の真偽は別だろう」

イリは何事かじっと考えこんでいたが、

「王神さま、一つよろしいですか」

とコクランに向かって、三人ともマイサトに出られるのか訊ねた。

「この件について真実を知っているのはお前たち四人だ。全ての者に資格がある」

コクランは広場の中央で羽根を休めている、ひときわ大きな大鳥の元へと歩み寄る。そして振り向くと、ムウマたちとドネルにその大鳥の背中に乗るように命じた。

「マニシよ、彼らをマイサトの場へと運んでくれ」

マニシと呼ばれた大鳥が首を差し伸べると、コクランは羽根を手掛かりに登っていく。ドネルもその後に続いたが、イリはつらそうに目を背けていた。

「私のハヤテは、王神さまの大鳥、マニシの子なのです」

ムウマだけに聞こえる声でイリは呟いた。

「私はハヤテのことを謝らなければならない」

「イリは仲間のための天魚を狩りに出かけ、ハヤテもイリと共に飛ぶという務めを果たした。山で獣を追っていれば崖から落ちたり毒蛇に噛まれたりして死ぬかもしれない、といつも思っている。イリは空を飛ぶ時に、命を落とすかもしれないという覚悟はあったか」

「それは、もちろんです」

「ハヤテも同じだったと思うよ。同じ思いで空にいたのだから、悪いことをしたと自分を責めすぎるのはハヤテもきっと喜ばない」

イリは胸に手を当て、そして自分を見つめている大鳥の瞳に向き合った。

「マニシ……」

大鳥の気配はあくまでも静かであった。怒りも悲しみも感じさせず、自らを律している。山の中で時に出会う、狼や猿の長に似た威厳と叡智を感じさせた。

「許されてはいないけど、怒ってもいない気がします」

「間違ってないと思う」

イリはこくりと頷いた。

マニシの背中はとてつもなく広く、全員が乗ってもまだゆとりがあった。

「大鳥に乗るのは初めてか」

コクランの問いにライラは頷いた。

「大鳥に乗る際は恐れてはならない。恐れは風を乱す。どうやらドネルは怯えていたようだが」

「いえ、私は……」

ドネルは反論しかけたが、口を噤(つぐ)んだ。

「初めての空の旅は驚きしかありませんでした。恐れがなかったと言えば嘘になります。真理の目をお持ちの王神さまのお見立てに間違いはありません」

「真理の目のうたい文句はしばらく下げておこうと思う。私の代になってマイサトを行うことになるとは思ってもみなかった」

マニシが羽根を一度羽ばたかせると風が巻き起こる。ゆったりと羽根が数回上下すると、ふわりと浮きあがる感覚がした。

崖の上から淵に飛び込む時に感じる、あの恐ろしくも心躍る感覚が延々と続く。

この感覚を知っている。

大鳥に乗って、雲の中を飛んだ。澄みきった青の中にいた、あの時のことだ。ムウマにとって夢のように淡く、しかし決して忘れられない記憶だった。

「これが……飛ぶということ」

ライラは青い顔をして顔を伏せている。

「お、落ちないよな」

「王神さまの大鳥ですよ」

落ちるわけがない、とイリはむっとした表情で言い返した。マニシは一度大きく上昇し、アマンディの南斜面にある鞍部で一同を下ろすと、また飛び去った。

マイサトの舞台は空からだと狭く見えたが、実際に下りてみると実に広く、舞台の端からは山に至る道から空人の里までが一望できた。山肌を背にするように、大きな石造りの社が建っていた。川人や空人の里で見るものと、形がまるで違う。

どのような技を使っているのか、人の背丈よりも大きな石を方形に切り出し、隙間なく積み上げて三層の社にしてある。その壁には、王神の穹廬と同じく複雑な紋様が描かれていた。

「こちらへ」

コクランが社に近付くと、音もなくひとりでに社の扉が開く。

「どういう仕掛けなんだ……」

ライラは人が隠れていないかと扉の陰を探している。

ムウマはこれほど大きな建物を見たこともなければ、ひとりでに動く石の扉など想像もできなかった。これが聖なる山の力なのかとただ圧倒されて見入っていた。イリはコクランの方をちらちら見ていた。

「驚くにはあたらない」

コクランが言った。

「アマンディの力は全ての源。できぬことなどない」

「アマンディのどのような力なのですか」

ムウマの問いに王神は妙な顔をした。

「アマンディの力、それ以上でもそれ以下でもあるまいに」

「サネクさんは不思議に思ったことはないのか。あんなに大きな石を動かすには、山崩れほどの力がいる」

「それだけ偉大な力がアマンディにはあるということだよ」

サネクはあしらうように言って話を終わらせた。彼自身もここに来るのは初めてのようで、物珍し気に周囲を見回している。

ゆっくりと開いた扉の中から円形の舞台のようなものがせり出してきた。その四方の床に大鳥に乗った大臣たちが降り立ち、そして社の前にある大岩の上に、コクランは立った。

六

社の後ろにはアマンディの美しい稜線が見えている。濃い緑の山容の頂からは、白い蒸気が絶え間なく上がっている。その蒸気が一瞬、大鳥の羽根のような形をとった。

「何だあれは」

見ている間に巨大な羽根のように羽ばたいた白い蒸気は鋭い大槍の形へと変わり、コクランの体を貫いた。

「アマンディの神よ」

コクランの衣が鮮やかな炎の紅に色を変える。舞台の四方に座る大臣たちも緊張のあまりに息をのんでいた。

ぱっと火の粉が散ると、コクランの体を覆っていた炎も消えた。一度よろめいて俯いたコクランが顔を上げると、気配が一変していた。威厳の中に感じられた温かさは消え、ずっしりと重くなるような冷たさと厳しさのみを漂わせている。

「真実を求める者よ」

その声も先ほどよりも低く重く、殷々と響く。

「我が前でその真実を競え。偽った者は、その肉体を山に還し、魂は空へ帰ってもらうことになろう。さあ、いざ勝負を始めるがよい」

ドネルは既に舞台へと上がっている。

「皆で行きます」

ムウマがコクランを見ると、頷いて承諾した。

「何人で来ようと同じことだ。捻り潰してやろう」

挑みかかろうとするドネルを、王神の声が制した。

「真実をぶつけ合えと言ったのだ」

「真実……」

ライラの頬から血の気がさっと引いた。

「大丈夫」

イリが声を掛けた。

「真実は背を向けると恐ろしい怪物になるけど、向き合えば頼れる味方になるから」

ライラはぐっとマイサトの舞台を睨みつけた。

「この上では、全ての偽りが許されない」

コクランの声が静かに響く。

「王神さまと大臣たち、そしてアマンディの神が見ているのだ。卑怯な真似はできませせぬ」

ドネルは自信満々に言い放った。

「始めよ」

コクランが宣言し、大臣たちが舞台の周囲を守るように立つ。そして舞台上で四人が向い合う形となった。

「ライガさまがお隠れになって以来ですな。あの時はうやむやになりましたが、真実を明らかにする絶好の場をいただきました。私はアジに心よりの忠誠を誓い……」

その瞬間、ドネルの足もとに大きな穴が開いた。ムウマたちが驚きの声を上げる中、ドネルは落ちそうになりながらも何とか穴のへりに指をかけて耐えている。

「真実を述べなければその肉体は山に還ると言ったはずだ」

コクランが冷ややかに言う。ドネルは体をねじって這い上がり、呼吸を整えて余裕を取り戻す。そして、ムウマたちを見回すと舞台の上を歩き始めた。

「川人と山人が水と土をいかに使うかをめぐって談合するためにドウマさまが里を訪れた日、空人の娘がウタギを穢し、ライガさま、ドウマさま、そしてイリキさまと三民を統べる立場にある方が同時に命を落としました」

そして、じっとライラを見つめた。

「アジの子であるあなたは、我ら川人がどのような明日を思い描いていたか、もちろんご存じでしょうな」

ライラは、もちろん知っている、と静かに返した。

「ではお話し下さい」

川人の明日とは、何なのだろう。ムウマはライラの答えを待った。

「言えませんか。共に旅をする山人や空人に情が移ったと見えますな。私はこれでもアジの近くに仕える衛士の長です。ライガさまが何をお考えであったか誰よりも知っている。もしかしたらあなた以上に」

意を決したように、ライラは顔を上げる。

「川の民は田畑を拓き、道具を作るのに巧みだ。豊かになれば人が増え、より豊かさを求めるようになる」

「それで」

ドネルは挑発するように顔を前に突き出す。

「川人は山と空の間にある、わずかな平地に生きている。山の恵みを分け与えられ、雲の動きに一喜一憂する日々を送ってきた」

ライラは低い声で続けた。その言葉を引き取って、ドネルがまくしたてる。

「そう。我らはもっとも豊かで賢い民でありながら、山と空の顔色を見ながら生きてきたのだ。賢さと強さと豊かさを持つ民がそんな立場に甘んじていられるわけがない」

そこまで一気に言うと、三人の顔を見回した。

「ライガさまは山人のアジが里を訪れるのを好機とお考えだった。そうですね、ライラさま」

ライラは頷きもしなかったが、否定もしなかった。

「好機とは何だ」

ムウマは首を傾げた。

「山人を川人に従わせる好機だ。だがライラさまはそこの山人と親しくなってしまった。さぞ苦しんだことでしょう。これまでアジの息子として生きてきたあなたが、初めて少女らしいときめきを胸に燃やした」

「やめろ！」

そこまで冷静だったライラが怒りの声を上げた。ムウマも腹を立てていたが、ライラの剣幕がそれに勝っていた。ドネルはくちびるの端だけを嫌らしく上げた。

「そこに、空人まで落ちてきた。そして三人のアジが集まるという、ただならぬことになった。ライラさま、あなたはここで三人の命を奪えば、川人のアジの座は自分のものになると考えたのだろう」

「待て」

　ムウマはたまらず口を挟んだ。

「僕はアジたちの傷口を見ている。ライラにはひと突きでアジの命を奪うような腕はない」

「確かにライラさまの武はたいしたものではない。だが、見る者の心を蕩かす舞がある。これを使って三人の心を操ってしまえば……」

　ぱちん、とドネルは手を叩き合わせた。

「さあライラさま。私がアジの皆さんを手にかけましたと正直に申し上げるがいい。聖なるアマンディの炎で、その肉体と魂を清めてもらえるなど、何ともありがたいことではありませんか」

　ライラはしばらく俯いていたが、やがてきっと顔を上げた。

「俺は父さんたちを手にかけていない」

　しばらくしても、ライラの足元は硬い岩のままだった。

七

「なるほど」

　ドネルは拍子抜けしたように肩を竦めたが、次にイリに視線を定めた。

「俺はお前たちより長く生きているが、空人が大鳥を操り損ねて川人の里に落ちてきたのを見たのは初めてだ。何故落ちた？」

「それは……天魚を追ううちに雲の王の領域に入ってしまったからです。いくら我らの大鳥でも、風を乱して荒れ狂う雲の王から逃げるのは難しい」

ドネルは舞台の様子を確かめ、鼻を鳴らした。

「真実のようだな。しかしイリ、雲の王の巣を荒らし、川人のウタギへ落ちたのは、故意ではないのか？」

「真実も何も、僕はイリが雲の王に追われて仕方なく、川人のウタギに落ちていくのを見た」

ムウマはたまらず口を挟んだ。

「故意でないという証拠は」

「イリがそう言って……」

ムウマは言い返しかけたが、すぐさまドネルが遮った。

「ここは真実だけが許される場所だ」

「それは……」

ちらりとムウマたちを見たイリは、言葉を続けた。

「あの時は雲の王に追われて川人の里に落ちるしかありませんでした。でもウタギに落ちたのは偶然でしかないし、聖地を穢したかったわけではありません。身を守り、川人にも迷惑をかけぬように場所を選んだことが故意であると言われれば、確かにそうかもしれません」

「ではその後の行いはどうだ？」

イリは言葉に詰まった。

「雲の王の巣を騒がせ、川人の里に災厄をもたらしたのは何のためだ。ウタギに落ち、眠っていた『窯』を目覚めさせた理由はなんだ？　この騒動を引き起こすためではないのか？　答えられまい。だが答えずともよい。お前の、いや空人の企みは我らにきっかけを与えてくれたのだからな」

ドネルの言葉は奇妙な熱を帯び始めていた。

「我ら川人は学びの民だ。豊かさを求める心は、古きを知って新しき道を拓こうと努める。そうしなければ増え続ける民を養うことはできない」

「古きを知る？」

イリは訝しそうに目を細めた。

「雲の海の中に浮かぶ島の外には何があるのだ。そもそも我々はどこから来たのだ？　どうしてウタギは禁じられた場所で、アマンディは聖なる山なのだ？」

ドネルの言葉がムウマの胸の奥を騒がせた。雲の海からみた島の全景、あれは幻ではなかったはずだ。

「ドネル。島には外があるのか」

ムウマはたまらず訊ねてしまっていた。

「知りたいか？」

「やめよ」

コクランが鋭い声を放った。

「この場に関りのない話をするな」

「関りはあります。空人が川や山の民よりも自らを上に置いていた理由。空人が我らの持たぬ力を持っていた理由。それは彼らが『外』を知っているからです。違いますか、王神さま」

コクランは答えなかった。

「三人のアジが死んだのは、我らの住むこの地に大きな異変が迫っているからだ。もう何年も前から兆しはあった。天候は変わり、前の年には稔っていたものが稔らず、大雨が続き天の恵みは消え果てた。静かだった聖地は白煙を噴き上げるようになった。しかし聖なる山とそこを司る者たちは何をしてくれた？」

ドネルのことは何も信じられないはずなのに、その言葉はムウマを捉えた。この男は偽りを口にしていない。そう感じさせる真摯さを伴っていた。ライラとイリを見ると、二人もやはり聞き入っていた。

「いい加減にせぬか」

大臣の一人が厳しい声で言った。

「真実を明らかにされるのがつらいのですか、聖地の人よ」

ドネルはにやりと笑った。

「偽りを許さぬマイサトの舞台が、私の言葉を聞いても怒りの口を開かない。それが何を意味しているかおわかりでしょう？」

その時、山の遥か下から小さな音が聞こえてきた。大量の水が一度に流れるような、ざっという音だ。その音は大きくなり、また小さくなって繰り返される。それが人の声であることにムウマは気付いた。無数の人が上げる喚声が、山に響いて川の流れのような音となっている。

「ムウマ、この声」

イリに続いて大臣たちも音に気付き、一人が地上の様子を探るためか大鳥を飛び立たせた。

「人の気配が山の下に集まっている」

人々は荒れ狂い、叫んでいる。

「戯れはここまでにいたしましょう」

最後に異変に気付いたドネルが笑みを浮かべ、ムウマたちから大きく距離をとった。

「三人のアジが命を落とし、その代理となるはずの子供たちも禁忌を破る罪を犯している。その中、私一人が潔白であり、人々を導く資格がある。王神さまは聖なる峰を守ることに専念していただきたい」

「何が言いたい」

　コクランは静かに問うた。

「この私に島の民を統べるお許しをいただきたい。マイサトの場は神聖なる場。王神さまがアマンディの神の憑代（よりしろ）となることも言い伝えとして知っております。そのお許しを得ることができれば、これ以上のものはない」

　大臣たちは顔を見合わせたが、声を荒らげる者はいない。じっと主君の言葉を待っているようであった。ただ、ドネルへ向けられる視線は一様に厳しかった。

「私利私欲で申し上げているのではない。人は三つに分かれている場合ではないからです。お聞き下さい、恵みを求める民の声を」

　ドネルは舞台の端から手をかざす。ムウマも舞台の端へと走ると、遥か下の麓を見下ろした。群衆が関所から空人の里の前までを黒く埋め尽くしている。

「控えよ！」

　こらえかねた大臣の一人が叱責するがドネルは傲然と胸を反らしてそれに応える。

「これまでのならいが通じなくなっていることに、アマンディの皆さんもお気づきではないのですか」

　ドネルは大臣を一瞥しただけで、再びコクランに視線を戻した。

「川の民は既に私に従うことを誓っています」

信じられない、とライラが呟いた。

「数少なく知恵も足りない山人や空人は島の危機を救うことはできますまい」

ドネルは両手を大きく広げた。

「ご覧下さい。私の言葉に対し、マイサトの舞台は口を開かない。真実を述べているからです。今こそ島は、飢えの苦しみから脱しなければなりません。数も知恵も他に優れた川人こそが、その危機を乗り越える主力とならねばならず、その事情に通じた私が領袖となるのは自然な流れ」

「だから、全てを統べることを認めよということか」

大臣たちの数人が剣を抜いた。

「待て。聖域を血で穢すな」

コクランが制する。

「民が分かれ住み、王神の命に従って暮らしてきたことには意味がある。ドネル、お前がすべきことは、川人たちを諭して元の暮らしに戻すことだ。後は島が健やかな姿でいられるよう、我らが断を下す」

「どうでしょうな。あなた方を支えているのは私たちだ。そのことをお忘れなきよう」

ドネルは堂々と胸を張って言い放った。大臣たちは色めき立つが、コクランの表情は平静なまま変わらない。

「ドネル、ここより去れ。そして二度と聖域に近づくな」

「ほう、このままご放免いただけると」

「騒いだところで何もできぬ。そう民に伝えるがいい」

「伝えてどうなるかは、わかりかねますぞ」

ドネルは用心深くマイサトの舞台から下りると早足で去った。

「王神さま……」

大臣たちがもの問いたげに視線を向ける。

「マイサトは真実を明らかにした。偽りを述べていた者はおらず、野心を抱く者を炙（あぶ）り出した。それに煽動されし愚か者どももな。島は再び生まれ変わりの時を迎えようとしている。島の心に沿う者だけが、この島に暮らすことを許されよう」

王神の声の冷たさに、ムウマは身震いした。

第六章

一

大臣たちは麓で騒ぐ人々を見て、険しい表情で囁き合っている。

「己の分をわきまえず、アマンディに押し掛けるなど到底許されることではありません。これにある子供たちの罪も重いが、アマンディへの反逆の凶悪さとは比べ物にならない。民は我らの命に疑問を抱いてはならず、我らのためにのみ働けばよいのだ」

その言葉に、ムウマは引っかかった。それはイリもライラも同じようであった。

「我らのため、ではない。島のためだ」

「は……」

コクランが冷ややかに訂正させた。

「王神さま」

突如ライラが舞台の前に出た。

「お願いがあります」

「何かな」

「コクランさまにもこのマイサトの舞台に上がっていただきたいのです」

何を言い出すんだ、とムウマとイリは同時に声を上げてしまっていた。

「この子供たちは」

コクランは怒りよりも不思議そうな表情を浮かべていた。

「実に思い切った言動をする」

騒然とする大臣たちを、コクランは手で制した。

「私こそがこの山の真実だ。ここに乗る必要はない」

ライラとコクランの視線が交錯し、ライラが先に逸らした。

「さて」

コクランは一同を見回した。

「マイサトは終わったが、この子たちの裁きがついておらぬ。裁きを申し渡す」

その声に大臣たちはわずかに目を伏せ、傾聴の姿勢をとった。

「彼らにはこれからの島を担ってもらわねばならぬ。空、山、川がそれぞれの分を守っている限り島の平穏は崩れない。この島に混乱を招く者は罰し、安定と平穏をもたらす者は守るのが我らの務めだ。彼らには罪もあるが、ドネルの欲を暴いた功もある。彼らにはしばらくこの地に留まってもらい、聖山のために働かせてその更生を見ることとしよう」

大臣たちは顔を見合わせてどこか納得のいかない顔をしながらも、

「王神の決に従います」

と両手を広げて承命の意を示した。大臣たちが退出した後、コクランはサネクを呼んだ。

「彼らには『窯』の番をさせよ」

そう命じた。

「しかし、それは……」

サネクが驚いている表情を、ムウマは初めて見た気がした。

「言いたいことはわかる。しかし彼らを山から帰すわけにはいかん」

「……仰せの通りに」

サネクの表情はこれまでの静かで冷たいものへ戻っていた。彼に促され、ムウマ達はマニシの背に乗ってマイサトの舞台を後にした。

二

マニシが旋回するたびに、マイサトの舞台が小さくなっていく。だが、ライラの視線は山腹に釘づけになっていた。空人の里と関所の辺りに人だかりができている。

「様子を見たいんだ。大鳥を関まで下ろせるか」

ライラがイリに頼んだ。

「どうするんですか」

「ドネルが人々を煽ってるなら、それを止めさせないと」

だがサネクは拒んだ。

「自分の立場をわかっているのか。王神さまはお前たちを山から出すなと命じられた。関から向こうへ行くことはできない」

「出たいわけじゃない。皆に呼び掛けたいんだ」

サネクは最早答えなかったが、マニシは自ら高度を下げた。サネクは何か言いかけたが、大鳥を御することはできないらしく、黙っている。

ムウマが麓の方に目をやると、アマンディから押し返された川人と、山への関所を守ろうとする空人とアマンディ兵たちの睨み合いは、まだ続いていた。聖地を示す大旗が折られ、ところどころ煙が上がっている。反乱を企てた人たちは鎮圧されている。動かなくなった人の姿がいくつも横たわっていた。

「どうしてこんなことに……」

ライラは青ざめている。人がこれほど多く集まって争うのを見るのは、ムウマも初めてだった。ドネルの命に従っている者たちは、見えるだけでも数百はいた。ただ、島中に同志がいる割には、小勢にも思える。

「まだ緒戦に過ぎないのでしょうか」

イリがサネクに訊ねる。

「ドネルの配下の者たちが、島中の集落を巡って人々を糾合しているようだが、彼らも好きに動けるわけではない」

マニシは再び高く飛んだ。アマンディの頂すら眼下に遠くなり、これまでの旅路がはるか遠くに見えた。さらに南の川人の首府のあたりから猛烈な白煙が上がっていた。

「あんなところにも『窯』が」

ライラは驚くが、ムウマはそれが炎から上がる煙であることに気付いた。広く薄いその白い幕は、突き上がるように上がる『窯』からの熱風とは趣を異にしている。

「山人の怒りだ……」

ムウマが呻いた。アジを殺された山人たちが報復に出ている。

「止めなければ……。サネクさま、大鳥を煙の上がっている方へ向けてくれ」

「それは許されない」

サネクは冷たく言い渡した。

「民が戦っているのをただ見ているのがアマンディの役割か」

「人が争うのは勝手なことだ。アマンディは人の賢き行いも愚かな考えもただ黙って見守るのみだ」

「人を救わない聖地に意味があるのか」

「そう思うならここから飛んでいけ」

「マニシ、頼む！」

だが今度は大鳥もムウマの望む方には飛んでくれなかった。

「ムウマ」

イリが声をかけた。

「ここで意を通そうとしても仲間は救えません」

痛むほど拳を握り、何とか心を落ち着かせる。

イリはムウマの焦りなどまるで気にしていない様子であった。川人たちは皆武器を持ち、空人やアマンディ兵を見つければ取り囲んで屠(ほふ)っている。ライラの横顔は悲しげだった。

川人たちはアマンディの関を破ることができず、山を下って退いていく。命を失った肉体がいくつも転がっている。川人の数人がアマンディ側に捕われ、関の中へ連行されるのが見えた。それを確かめたようにマニシは高度を下げていった。

「もう終わってくれ」

ライラは祈るように呟くが、

「アマンディに刃を向けた罪は重い。逆心を抱く者が根絶やしになるまで裁きは終わらぬだろう」

と怒りを隠さずサネクは言った。吹き上がる風に乗って、大鳥はアマンディの頂へと下りていく。

「山の中じゃないんだな」

ムウマは意外そうに言った。

「頂近くに窯番のための宿坊がある」

サネクが指す方には濛々と白い蒸気を上げるアマンディの頂が見える。立ち上る白煙は他の『窯』の比にならぬほど大きい。近づくにつれて、視界を覆う程の太さになっていく。

道は山肌を刻むようにつづら折りに拓かれ、マニシはマイサトの舞台がある鞍部と頂の真ん中あたりに降りた。

「頂まで連れて行ってくれないのか」

「ここから先は自らの足で登るのが掟だ」

サネクはすぐに坂道を歩き出す。空人の里で見たような巨木は姿を消し、背丈が低く、針のような葉をした低木が山肌を覆っていた。

「コクランさまはイリの父さんなんだろ?」

歩きつつ、ムウマはイリに話しかけた。

「そうですよ。何年ぶりかに直接言葉を交わしました」

空人のアジは王神として聖地を守る。その家族は、共に暮らすことなど願ってはならないという。

「ここまでしないと会えないものなのですね」

イリはムウマの隣を歩きつつ静かに言った。

「話したいこと、もっとあったんじゃないのか」

「顔を見たら少し気が晴れました……」

ムウマはまっすぐ前を見て歩くイリの横顔を見ていた。

「私の顔に何かついてますか？」

「いや……。イリにはお姉さんがいるか」

イリはじっとムウマの顔を見返した。

「どうしてそんなことを訊くのですか？」

かつて空を飛んで夢のような経験をした時に、大鳥に乗せてくれたのはイリによく似た少女だった。

「教えたくありません」

イリから時折感じる、断ち切るような拒絶の気配だ。

山肌を斜めに切って拓かれた道はさらに狭くなり、ライラとイリは顎を出して苦しそうだ。涼しい顔をして登るムウマとサネクを恨めしそうに時折見上げている。

山の頂に近付くと、湧き上がる雲はさらに大きく見えた。巨大な白い蛇のように身をくねらせて空へと昇り、四方に散って雲の海へと吸い込まれていく。山の頂に至ると音が聞こえた。耳が震えるような低い音だ。

やがて雲の王が姿を現す頂の『窯』の口へと出た。

「これが……」

ムウマも息を呑んだ。山人が決して登ることを許されない唯一の山、アマンディの頂に立っている。雲の海の源となり、全ての恵みをもたらしてくれる源へとやってきたのだ。思わず手を出そうとすると、サネクが警告の声を放った。

「触れるでない。もっとも、このまま山の贄(にえ)になる覚悟があるなら止めはしないが」

「山の贄?」

「アマンディの主は荒ぶる者だ。時に贄を求める。王神はアマンディと対話し、その求めに応じるために贄を捧げるのだ」

ムウマたちは激しく雲を噴き上げるアマンディの頂を歩いていく。道は左右険しい崖になっているところもあり、特に『窯』の側は切り立って底が見えない。

「俺、こういうところ苦手だな……」

ライラは青ざめて腰も引けているが、イリはかえって胸を張るようにして歩いていた。

「どこよりも聖なる地ですよ。怖がるなど……」

と言い終わらないうちに足を滑らせた。ムウマが跳躍してその手をとり、空いている手で岩角を摑んだ。イリを引っ張り上げると、サネクが石造りの小屋を指した。

「あれがお前たちの宿坊だ」

山人や空人の住居とも違う、方形の堅牢そうな建物だった。

三

『窯』が咳払いのような噴煙を上げている。

平たい宿坊は十歩四方ほどの広さで、暗く乾いている。入口の横には竈(かまど)と水桶があり、床は一段高くなっている。触れてみるとほんのり温かい。

「このあたりは朝晩かなり冷える。床下に『窯』からの風を取り込むようにしてある」

三人は伝わってくる温かさを楽しんでいたが、サネクの次の言葉に正気に戻された。

「重い罪を犯した者たちが贄として山へ入る。その者たちが正しく山へ入ることができるよう、お前たちは導かねばならん。これより身を清めて山に祈りを捧げよ。イリ、聖地を守る空人であれば、山への祈り方は知っているな」

イリが頷く。

「咎人たちが上がってきたら、彼らを頂の『窯』にある祠まで導き、禊(みそぎ)をさせよ」

「それまでは？」

「夜明けから日暮れまで、頂にある祠を清めているがいい」

そう命じると、大鳥と共に山の中へと戻っていった。

サネクが去ると、三人は大きく息をついた。落ち着いて中を見回すと、思ったよりも清潔に整えられていたし、何より温かい。床板をめくると、サネクの言っていた通り山の熱気が立ち上ってきた。

「大鳥の寝床より柔らかい」

イリがそっと手で撫でているのは、寝床の上に置いてあった平たく大きな厚い布袋である。

「中に獣の毛でも詰めてあるのかな」

ムウマも触ってみたが、獣の毛ではなさそうだった。山の民に寝床はない。一ヵ所に留まる時は猪や狼の皮の上で横たわるが、それすらムウマにとっては大変な贅沢だ。普段は枝や洞穴の湿った岩を寝床にすることが常だった。

その袋を持ち上げると、羽根のように軽い。そして、鳥や獣とも別の匂いがする。

あちこち眺めていると、イリが巧みに指を入れて奥から紐の端を引きだした。結び目を解くと、しゅっと一つ音を立てて平たくなった。温かみを帯びた風がゆるく顔に吹き付けて消えていく。

「本当に山の気だ。頂から吹いてくる風と、匂いが同じだ」

ムウマとイリは珍しい寝具に心を奪われていたが、ライラは別に気になることがあるらしく、くたくたになった布を取り上げてはしきりに調べている。

「風を逃がさず溜めておけるなんて」

「太鼓みたいだな」

ムウマは木の筒になめした獣皮を張った楽器を思い浮かべていた。

「あれは風を溜めてるのではなく、風を出入りさせて音を鳴らしているんだ」

「そうなのか」

狩りに関わりのない道具には興味のないムウマであったが、ふと思い出した。

「山にも似たような物がある」

鹿の内臓と毛を綺麗に除いて皮だけにしたものを使う。樹皮を割いて撚り合わせたもので皮を袋状に縫って太陽に晒(さら)すと、中の空気が膨らんで浮袋になる。淵などを渡る際に重宝する道具だ。

「皮ならわかるんだけど、布でここまで隙間なく作るのは川の民でも無理だ。さすが聖地には不思議な物がある」

ライラは感心している。食事はどうするんだろうと他の部屋を探しに行くと、厨房を見つけた。米や干し芋、そして乾燥させた何種類かの果実の入った壺、それに塩漬けにされた魚を詰めた壺もある。

「意外とちゃんとした食材が揃ってたね」

ライラは満足そうに笑みを浮かべて大の字に寝転がったが、すぐに起き上がった。

「これって俺たちが納めたものだよな……」

「それもそうだな」

アマンディで暮らす人は意外といるのかもしれないが、山と川から搾り取るほどのことはないようにも思われた。

「もし供物が余ってるなら、皆に分けてやるべきだよ。アマンディの人たちが食べきれない程に納めているはずだから」

ライラは腹立たしげに言う。

「もしここにある食料を人々に分けて、しばらくは食いつないでいけても、これだけ不作が続いて山が揺れて傾いてるようじゃ、次の年までもたないよ……」

ため息をついたライラが再び大の字になった。その姿を見ているうちに、ムウマに一つの疑問が湧きあがってきた。

「どうしてライラはコクランさまに、マイサトの舞台に上がってくれと頼んだんだ」

ライラは大の字のまま、ため息をついた。

「コクランさまなら、真実をご存じかと思って」

「何の真実?」

「三人のアジが殺された真実」

「確かに、王神さまなら知っていてもおかしくない」

身を乗り出すムウマの前に、ライラは一枚の大きな白い羽根を突き出した。

「さっきマニシから抜いたのか」

「違う。俺が父上たちが死んでいるのを見た時に、その場で見つけたんだ」

「嘘だろ……」

ムウマはしばし呆然となった。

「俺も信じられなかった。でも、さっきマニシに乗って羽根を見た時に似てるって気付いたんだ」

二人の話に耳を傾けていたイリの表情にも驚きが現れている。

「イリならわかるはずだ。この羽根がどの大鳥のものか」

羽根を受け取ったイリは長い時間をかけて検分し、大きくため息をついた。

「……間違いなくマニシの羽根です」

ムウマは羽根を手に取る。根元から羽先にかけて、黒から白へと滑らかに色が変わっていく。見ているうちに、かつて大鳥の背に乗った時の記憶も甦ってくる。

「……ちょっと外に出てくる」

ムウマは宿坊から出た。少し歩かないと、混乱した頭をまとめられそうになかった。

四

夕日が射してあたりは眩い茜色に満ちているのに、黒い山肌は光を吸い込んでますます暗い。

日が傾き、西の雲海へと沈んでいく。島の北の風景はムウマにとって新鮮なものだ。

険しい山が連続する南部に比べて、北は平坦な地が多い。アマンディから北の地域にも川人の集落が点々と続いていた。

「王神は何もしてくれない、か」

ドネルが民たちを動かせている理由は、ムウマにも理解できた。天候は悪く、不作が続いている。山の獣も姿を消し、大地は傾いて人々の心を不安にしていた。

聖地アマンディに祈りを捧げても何の救いも得られないのなら、別の手だてを探すだろう。王神は賢く、強い人だとムウマは感じていた。そのような人の大鳥が何故、アジたちが命を落とした現場に羽根を残したのか。コクランが手を下したのだろうか。

ドネルの行いの方がまだ理解できることが、腹立たしく、かつ不可解でもあった。

『窯』に沿って歩き、さらに北の縁を目指す。『窯』の縁には何ヵ所か祠があり、それぞれ造りが少しずつ違う。岩を積んで塚にしているものもある。もっとも大きな物は、ムウマが見たことのない姿をしていた。

黒い山肌に立つ鮮やかな色彩に引き寄せられるように、扉の前に立っていた。

朱に塗られた太い木の柱に分厚い石造りの屋根を載せ、奥に大きな扉が設えてある。中がどうなっているのか、気になった。ウタギのような禁忌の地かもしれない、と躊躇ったが『窯』の番人をするのであれば、見ておくのは悪くないはずだ。

香木の匂いが微かに漂っている中に足を踏み入れる。

ウタギに雰囲気が似ている。誰もいないのに張り詰めていて、深い山や底知れない淵を前にした時のような畏れに四肢が捉われる。

中は掃き清められていて、細い通路が奥へと続いている。突き当たりにはまた扉があった。壁には絵が描かれており、ムウマは近付いていった。

採光の窓から西日が入り、壁の絵を照らしている。空人らしき人が大鳥に跨っているのがまず見えた。だがその大鳥はマニシよりも大きく、何十人もの人が背中に乗っている。川人らしき人々は石を組んで巨大な塔を作っていたり、山人は肩に担ぐような変わった形の弓に似た武器を使って狩りをしていたりと絵の題材は様々だ。

思いもつかぬような道具や今とは異なる衣をまとっている壁画は、見ていて楽しかった。不思議なこともあった。『窯』らしき場所から白煙が上っていない。雲の海も描かれていなかった。ムウマはさっき見た、狩りの絵に興味を惹かれた。それは弓、槍、罠を使う今の山人の狩りとは異なっていた。

「あんな武器があれば」

と思わず感嘆のため息をつくような光景が繰り広げられている。

中でも、谷を挟んで遥か遠くから大きな鹿を射抜く技には目を奪われた。ただ、妙だとも思った。弓の類のように見えるのに、弧がしなっていない。

壁画は奥に向かって続いているようだった。

獣の数は少なくなり、どれほど新たな道具を作り出しても獲物の数は増えない。川の民や空の民も、やはり苦境に陥(おちい)っているのがわかる。やがて、絵の中で山と川と空の民がそれぞれ交わり始めた。

「今と同じだ……」

食料がなくなれば、皆で手を携えて何とかしようとするのは自然なことだ。壁画の中の彼らもそうしていた。この後どうなったのか。

そこで壁画は途絶えていた。削られたようになくなっている。

途絶えた先は、白い壁がしばらく続き、その先の突き当たりに大きな扉があった。祠は『窯』の縁にあるから、この向こうには『窯』が口を開けているはずだ。ここが祈りを捧げるウタギだとすれば、何か祭りの時に開くのかもしれない。

周囲を見回し、入口に戻ろうとする。その目の前で、誰もいないのに閂だけが外れて扉が開いた。扉の向こうから白い蒸気が押し寄せ、思わず目を庇う。白煙に加え、しゅうしゅうと獣が唸るような音も混ざっていた。異様な気配を感じて逃げようとした刹那、背中に強い衝撃を受けて倒れた。痛みを堪えて顔を上げると、入った時には開いていた入口の扉が閉じている。何とか立ち上がると、目の前に大きな影が立ち塞がっていた。

「怪者……いや、違う」

見たことのない怪物だった。黒く光る角張った体はムウマの倍ほどの高さがあり、無数の刺で覆われた四肢が付いている。これ程に鋭利なもので覆われたものを山では見たことがなかった。刺に覆われた顔に光が一つ灯った。

怪物はじりじりと間合を詰めてくる。ムウマはその横を一気に走り抜けようとした。

「何だこいつ……」

腕が砕かれたかと思うほどの打撃だった。鉄の塊でできているようなのに恐しく速い。そして、

「僕は山の民のムウマっていうんだ。王神さまのご命令でしばらく『窯』の番人を……」

言い終わる前に床を蹴って飛び迫ってくる。

「話を聞けよ！」

その巨体はムウマより遥かに速かった。壁際へムウマを追いこむと、腕を突き出してその行く手を塞いだ。恐怖の雲が心を押し包む。死を目前にした魂が、身に蔵した古き力を呼び覚まし

た。

　怪物の腕の刺が、皮膚を切り破っていく。ムウマは傷を恐れず、鉄の巨人と組み合う。腕に筋肉の山が盛り上がり、獣の咆哮がその口から吐き出される。

　怪物はムウマの形相がウカミ神に変わったことも意に介さず、組み合ったムウマを抱え上げ、祠の奥にある鉄扉の前に立った。奥の扉が再びゆっくりと開いていく。

　扉の先にも細い道が続いている。道の向こうに『窯』から立ち上る白い煙が見えているが、白煙の手前で道は終わっていた。怪物はムウマを抱えたまま『窯』の方へと歩き始めた。

　このままでは落とされて死んでしまう。

「させるか……」

　ムウマの全身に盛り上った筋肉にはさらに太い血管が浮かび上がり、体を貫こうとする怪物の腕を押し開き始める。だが、形勢を変えることはできず、『窯』の上へと渡された細い道まで抱えられてきた。

　下から風が吹きつけてくる。水気をたっぷり含んでいて、煮えたぎった湯の匂いも伴っていた。

　怪物が大きくムウマの体を持ち上げた所で、一気に体をねじって腕を蹴る。刺に覆われた小さな頭めがけて足を一閃させると、怪物は道からよろめき出て『窯』の中に落ちた。

　一息つきかけたムウマだったが、道の端に指を掛けた怪物はすぐに道の上へ飛び戻ってきた。ムウマは懸命に祠へと走る。閉じようとする隙間から体を滑り込ませ、扉を閉めて錠(じょう)をかける。額の汗を拭って獣の力を放つとどっと疲れが出て膝をついてしまう。

　だが次の瞬間扉が弾け飛んだ。

きいん、と高い音を放ちながら刺の怪物が再び襲いかかってくる。ムウマは体を転がして逃げようとしたが間に合わない。祠の入口から別の高い音が響いてきた。頭が痛くなり、思わず耳を押さえて蹲る。

怪物は腕を振り上げたが、急に動きを止める。全身を覆っていた刺が収まり、怪物は滑らかな表面の鉄の巨人へと変わっていく。音が高く、そして低く響くのに合わせるように背中を見せると、ゆったりとした足取りで扉の向こうへと戻っていった。

胸を撫で下ろして入口へと戻ると、そこにサネクが立っていた。手には小さな笛らしきものを握っている。

「勝手に祠に入るな」

「掃除しろと言ってただろう。入るなとは言われてなかった」

「扉の奥は行かなくていい。ここはお前たちにとってのウタギと変わらぬ聖地であることを忘れるな」

厳しい口調である。いつしか、山の頂は静けさを取り戻していた。

雲の元となる白い煙が『窯』から湧き上がるのを見ながら、ムウマは額の汗を拭っていた。

「あれは何なんだ」

「お前たちと同じだ」

「『窯』の番人ということか」

「そうだ。お前たちが祠まで咎人たちを導き、その先は彼の仕事だ」

「仕事って『窯』に落とすのか」

「言い方に気をつけよ。山で魂を清めるのだ」

次は助けぬ、とサネクは厳しい口調で言うと、山を下っていった。

島の北に広がる平原の向こうに、白い雲海がゆるやかに波打ってどこまでも続いている。そして南に目を向ければ、山々から無数の白い煙が上がっていた。『窯』の数がさらに増えている。獣の数がさらに減ってしまう。田畑も荒れるだろう。飢えて苦しむ仲間や川人の子供たちのことを思うと、傷の痛みも消える気がした。

五

宿坊に戻るとライラが駆け寄ってきた。

「どうしたんだ。傷だらけじゃないか……」

ムウマが自分の頬に触れると、刃で浅く切ったような傷が無数にできている。

ムウマは山の頂での出来事を話した。

「そんな怪物と一緒に人を『窯』の中に落とすのが仕事ってこと？　嫌だな……」

ライラは天井を仰いだ。

日が翳（かげ）ると急に冷え込んでくる。宿坊の中には竈が設えてあり、小屋から少し下った所に泉が湧きだしていた。

ムウマは火を起こして米を炊き、乾した大根と干天魚を炙ったもので食事を整える。腹が満ちると気持ちが落ち着いたが、ライラの表情がふと曇った。

「里の皆は腹をすかせているだろうな……」

その言葉にムウマとイリの手も止まる。

「いや、腹が減ってるどころじゃない」

川人と空人、川人と山人が刃を交えている。なのに、アマンディは不遜を咎めるのみで止める素振りすら見せない。

「アマンディが聖なる山なら、どうして里の人々を苦しませるようなことをするんだろう」

「神は人を助けるためにいるわけじゃないからな」

ムウマは自分で口にしておいて腹立たしかった。山において神は災厄そのものである。悪しきことは全て神の御業だ。だが人々が己を超えた存在の手の中にいるのだから、恨み怒ることではない。

禁忌を犯せば神は怒るが、慎ましやかに過ごしていても、気まぐれな神の怒りを受けて災いを受けることはある。それでも、山人の間でアマンディが恵みの源として崇められてきたのも事実だ。

「神さまは人に恵みを与えるためにいるんだ」

ライラは信じて疑わないようだった。

「災いが起きるのは、俺たちの祈りが足りないからだ」

「祈っても願いが聞き届けられなければ、自ら神になるというのが川人たちの考えのようですね」

イリの厳しい言葉にライラは顔をしかめた。

「それはドネルだけだよ。他の川人たちはそこまで考えてない。田畑のみのりが豊かであって欲しいと願っているだけだ」

反駁(はんばく)しかけるイリの肩に、ムウマは手を置いた。

「もう寝よう」

ムウマは傷の手当てを済ますと、寝床に体を横たえた。

山の頂を吹き抜けていく風の音と『窯』からの低い響きが聞こえてくる。

人々はアマンディの神が恵みを与えてくれるものだと信じてきた。もし、恵みを与えてくれず、もはや災いでしかないと吹き込まれたら……。

ムウマが目を閉じようとしたその時、また別の物音が聞こえた。横を見ると、ライラは安らかな寝息を立てていた。

「ムウマ」

イリも目を醒(さ)ましていた。

「行かない方がいいです。もう人々を止められません」

「争う声が聞こえているのに、寝たふりはできないだろ」

「ムウマはどうしてここにいるのですか」

イリが身を乗り出して問うた。

「疑いを晴らして山に帰るためだ」

「その山が、もはや元の姿に戻らないとしても？」

「……イリは何を知っているんだ？」

ライラも二人の話し声に気付いて体を起こした。

「何の騒ぎだ」

小さな欠伸(あくび)をすると、うなじからの柔らかな曲線が暗い中に浮かび上がった。慌てて頬を叩き、肩を怒らせている。

「そんなに無理をしなくてもいいのに」

イリが呆れて言う。

「うるさいな。それで、どうして二人とも起きてるんだ。どうせ俺にはわからない何かを感じてたんだろう」

「そこは鋭いのですね」

ライラとイリが言い合いを始める中、ムウマは足元から地響きが伝わってくるのを感じた。地面が下から突き上げられ、次にがくんと落ちたような感覚に思わず膝をつく。これまで経験した大地の揺れと似ているが、何かが異なっていた。

山の異変を示す山鳴りは、普通遠くから聞こえてくる。だが、今の揺れは、ムウマの足元に向けて近付いてきた。

「逃げるぞ！」

ムウマは二人を担ぎ上げると床を蹴る。木がへし折れるような音がする。山の熱気を取り込んで暖をとるための床板が盛り上がっている。宿坊の外へと転げ出てさらに走ると、後ろから吹きつけた猛烈な風に押し倒された。

振り向くと、石造りの宿坊が木の葉のように弾け飛ぶのが見えた。宿坊のあった場所からは白煙が勃々(ぼつぼつ)と噴き上がっている。ムウマは山道を駆け下り、大岩の陰に二人を下ろして息をついた。ライラとイリは岩から顔を出して宿坊のあった辺りを見上げ、言葉を失っていた。

「どうなってるんだ……」

ライラは震えていた。

宿坊を吹き飛ばした白煙は、『窯』から噴き上がるものと変わらなかった。噴煙は風で広がり、月光を反射して頂の周辺をうっすらと浮かび上がらせている。

『窯』を見上げていると、今度は山の下からわっという音が聞こえてきた。叫び声と、刃がぶつかり合うような音だ。頂の付近は仄明るいが、山裾は松明が無数にきらめいていて、はっきりとした様子はうかがえない。

ムウマは吹き飛ばされた破片の中から鉈を見つけ、一度素振りする。風を切る音は鋭いが、刃は錆びている。

「俺も武器が欲しい」

ライラには鍋の蓋を渡した。

「これで戦えるわけないだろ」

「頭は守れる」

イリに目をやると、ごく小さな短刀を握っている。ムウマはライラを背負うと、山道を走り出した。

「関所の方へ！」

イリが導く。

いくつかの影が周囲で素早く動き回っている。川人の衛士が四方に火を付け、同時に煙幕を張って神官たちを混乱させようとしている。だが、アマンディを守る者たちも黙ってはいない。

「ここは聖地だ。後の祟りを恐れるならば王神の命に逆らうな！」

数人が大声で呼びかけている。

空には大鳥が数羽舞っているのが見え、空人たちが暴徒に退くよう呼びかけている。数人の川人が大鳥に向けて矢を放つが、届いてもその厚い羽根に跳ね返されている。

それでも、強弓は大鳥の接近を妨げているようで、地上の戦いは激しさを増しつつも、関所の炎上がアマンディの守備兵たちの焦りを誘っていた。

「戦っている場合ではない！」

イリとライラが叫んでいる。ムウマは一気に坂を駆け下った。そのまま乱戦の中に飛び込むと、四肢を舞わせて暴徒たちを蹴散らす。

「やめろ！」

数人の川人がムウマを組み止める。

「このままでは飢えて滅びる。ドネルどのの呼びかけに我らも応じるのだ」

「あいつは王になりたいだけだ」

「それでもいい。飢え死にするよりましだ」

サネクが鋭く号令を下しているのが乱戦の中から聞こえる。劣勢に立っていた守備兵たちが整然と反撃に転じた。それと同時に、山麓に無数の光が灯る。

松明の光は急流となって急峻な坂道を駆け下りていく。形勢を逆転された川人たちは一度山麓側へと退いた。だが、再び集まって刃の先を頂へと向け、走り出す。やがて、川人たちの軍勢が優位にたった。

突進してくる男の中央に、ドネルがいた。ムウマたちの姿に一瞬目を大きく見開いたが、不敵な笑みを浮かべて進んでくる。きらびやかな鋼の甲冑を身に付け、山では見たことのないような大剣を佩いている。

「ドネル、アジ気取りもいい加減にしろ」

ライラが叱りつける。だが手を振って無視したドネルは、

「時は至った。お前たちも心を決めよ」

と逆に命じた。

「アマンディの中を見て何も思わぬか？　何も感じぬか？　島の人々は今や滅びの瀬戸際に立っているというのに、その事実と向き合おうとする者はわずかだ」

「だからといって、こんなやり方が正しいのか」

ライラが憤然と言う。

「川人のアジの子の言葉とは思えないな。道を空けろ。このままでは空も山も川も涸れ果てる。山や川を支える大地も崩れ去ってしまうだろう」

そうしている間にも、アマンディの兵たちがドネルたちと対峙する。ムウマの後ろからも、アマンディの兵たちが槍の穂先を突き出し、弓の弦を引き絞ったまま近付いてきた。その背後には王神コクランの姿がある。

殺気に満ちていた川人たちがざわめき、後ずさった。

「聖地で随分なことをする」

コクランの白皙（はくせき）は心なしか青ざめて見えた。

「随分なことはこれからするつもりだ」

不敵に笑みを浮かべたドネルの前で、王神の兵たちは一斉に剣を抜いた。

「王神に刃を向けることは、何人（なんぴと）にも許されておらぬ。アマンディの聖なる山と一体となることで、その魂の穢れを払え」

「死ぬのはお前たちの方だ」

ドネルは恐れることなく言い返す。

「島の意に逆らうお前たちの行いに、正しさはない。捕えよ」

アマンディの兵たちが取り囲むが、ドネルたちは一方の囲みを破ると、山の上へと突進していく。

「今こそ始まりの時だ。俺が捕えられたと知れば、川人たちはさらに猛り狂うだろう。俺が生きていようと死んでいようと、その怒りが山を飲み込むのだ」

ドネルは不敵に言い放つ。

ムウマにはドネルの意図がわからなかったが、とにかく人々の戦いを止めるべきだと考えた。東の空が、わずかに色を変え始めている。山の下には多くの川人が雲霞(うんか)のように群がっている。その一部は、空人の里近くまで攻め上っていた。アマンディの兵と空人たちが懸命に関所を守っているが、多勢に無勢なのは変わらない。

「このままでは死人が増えるだけだ」

ムウマは殺し合いを止めさせるため駆け下りようとした。だが、イリがその手を掴んだ。

「今行っても何にもなりません」

「どうしてだ」

「憎しみと不信に心を塗りつぶされている人を、言葉だけで止めることはできない」

「だから黙って見ていろと言うのか。上に逃げたドネルはすぐに捕まる」

「そんなに怖い顔をしないで下さい。人々の戦いを止める方法は二つ。一つは勝敗がはっきりするまで戦わせ、皆が戦う気持ちを捨てること。そしてもう一つは、戦いを止めなければならない理由を作ること」

「イリ、お前何を……」

「私たちにしかできないことがあります」

イリはムウマとライラに、山の奥深くへ入る好機です、と告げた。

六

王神の姿は川人たちを動揺させ、その隙をついたアマンディ軍は川人たちを山の上下に分断した。アマンディ兵に追い詰められたドネルたちは、山道を上へ上へと逃げていく。

やがて、ドネルたちは取り押さえられた。逃げていたのを追いつかれただけで、戦おうとはしないのが不思議だった。

「即刻謀反人の首領を山に捧げ、その怒りを鎮めよ。捕えた衛士たちは放免し、もはや反乱は成らぬと民に告げさせよ」

コクランが命じるが、衛士たちは顔を見合わせ、動かない。

「我らも共に罰を受けます」

「その必要はない」

衛士たちが怖れるどころか『窯』に落ちたがっているようにすら見えるのが、ムウマには不思議だった。コクランが再度厳しく命じると、大臣の一人が衛士を引っ立て、山を下りていく。

アマンディの頂から噴き上がる白煙は、先ほどより激しくなり、その数も増している。『窯』への祠の前は、アマンディ兵たちに囲まれていた。

「何だか様子が変だ」

「煙の数が増えてる……」

ムウマは周囲を見回した。

山が騒いでいる。大きな災いが起きる前には、必ず山が騒ぐ。

ドネルは体を縛められ、猿轡を嚙まされているが、じっと祠の奥を見つめていた。彼はやはり何かを知っている。自分たちの知らない、アマンディの秘密を。

王神が奥の扉の前に立った。ムウマたちも来るよう命じられる。

「これよりアマンディに供物を捧げる」

コクランがよく通る声で言い渡した。

「ムウマよ、扉を開けよ」

この先にあるものをムウマは知っている。手を動かせないでいると、

「命じられた通りに」

とイリが囁いた。イリが手を添えると、力を入れずともゆっくりと扉は開いた。

「ドネルを前へ」

ムウマが道を空けると、ドネルはそのまま先端まで進んで足を止めた。アマンディの温かく湿った噴気が全身を包んでは風に流されていく。

神官の一人が罪状を読み上げている間、ムウマはやはり、山の騒がしさが気になって仕方がなかった。空は穏やかで、風もゆるい。しかし足下の大地だけが何かに苛立っているかのように微かな音を立て、揺れている。山裾で続く空人と川人の戦の喧騒と地鳴りが、不気味な共鳴を起こしている。

「何か遺しておく言葉は無いか。もはや山の外に戻ることは許されぬ」

コクランの長い髪と衣の裾が『窯』からの風にはためいている。だがその厳しさに満ちた声は風に散ることなく響いていた。

「それはこちらが問うておきたい」

猿轡を外されたドネルが不敵に言葉を返す。ムウマは山のあちこちで繰り広げられる戦いを見て迷っていた。どちらが人々のことを思っているのか。神はただそこにいて、恵みも災いも与える。しかし……。

落ち着いた声でドネルが続ける。

「王神よ、真に罪深きはあなたたちだ。少を残し、多を捨てる。ならば賢く強き者は少となって生き残る道を選ぶのみ」

ムウマはドネルが微塵も揺らがないことが不思議でもあり、不気味ですらあった。島の禁忌を破ったのはムウマとて同じだが、それはやりたくてしたことではない。

だがドネルたちは、自らの意思で禁忌を破っていた。望んで聖地のアマンディに攻め込み、山の中へ落とされようとしている。

「この中に何があるんだ、ドネル」

ライラがムウマの前に出て、叫ぶように問うた。

「真実だ」

ドネルは自信に満ちた表情で言い切った。

「真実？」

「島が傾き、天地の恵みが荒れて人が飢え苦しむ。恵みも災いも聖なる山を源にしているなら、人の叡智こそがその恵みと災いの主であるべきだ。そしてその方法もアマンディを司る者たちだけは知っている。そんな腹の立つ話があるか？　何も知らずに死ぬなど、俺は絶対に認めん」

王神はムウマたちに命じる。

「ムウマ、イリ、山へ供物を捧げよ。悪しき魂を捧げて穢れと切り離せ」

ドネルの表情に恐怖はない。ムウマが近付いても、微かな笑みを浮かべてすらいる。

「イリ、どうしてドネルはこの中に真実があると言えるんだ」

「落ちる怖さよりも、得る喜びの方が大きいのでしょう」

ムウマはイリの顔を見て、息を吞んだ。

「ドネルと同じ目をしてるぞ」

「私も行きたいのです。何かがある。でも、何があるかはわかりません」

ライラも白い蒸気を上げ続ける巨大な火口を見て、

「聖地の中の聖地なら、皆を助けてくれる力があるというのか」

ドネルは自ら『窯』の中へ身を躍らせた。彼が見ようとしているものを、自分も見たい。その先に仲間を救う道があるのか……。

「ムウマとライラ、イリはこちらに来い。お前たちにはまだ果たすべき務めがある。罪人たちと共に死ぬことはない」

コクランは優しい声で招いた。

「王神さま、この中には何があるのですか」

ライラは問うた。

「聖なる地があるのみだ。それ以上知る必要はない。さあ、戻ってくるのだ。お前たちはそれ以上罪を重ねてはならない」

「人々を救う手立てを探るために力を尽くすのは、罪を重ねることとは思えません」

イリも力強く言葉を継いだ。ライラとイリがムウマを見る。

カリシャならどうするのか。

答えは決まっていた。仲間のためであれば危うき道も行くのが、山のカリシャだ。

「そちらには行かない」

ムウマはコクランの命をはっきり拒んだ。イリとライラがこちらを見ている。ムウマが手を差し出すと、二人は左右の手をそれぞれ握った。三人は互いに言葉を交わすことなく、同時に『窯』の中へと身を躍らせた。

第七章

一

『窯』の中を落ちる間、ムウマはウカミダマを手に入れた日のことを思い出していた。

　空に地があり、地に空がある不思議な場所を、大鳥の背に乗って眺めた。あの時見た島も、異変の中にあった。多くの山や里が焼け、人々が殺し合っていた。

　湿り気を感じさせる濃い霧の中を落ちていくと、一緒に落ちたライラたちの姿がすぐに見えなくなった。悲鳴を上げているかもしれないが、耳を切る風の音しか聞こえない。ずいぶん長く落ちている気がする。

　ムウマは岩燕の卵を採りに行き、崖から落ちたことがあった。その時も長くかかって落ちたように感じた。それを父のドウマに言うと、

「長く感じただけだ」

　と素っ気ない答えだったことを憶えている。

「人や獣は、生死の境に接すると長く時を感じるようになる」

「何のために？」

「長く考えるためだ。己を救うために何とか手立てを見つけようとする。そうして生きようとす

るのが命というものだ」

　ならば、とムウマは考えた。

『窯』がいくら深くとも、これほど考える時間があるということは、自分は死にかけているのだ。折角時間があるなら、何とか生きる方法を探りたい。

　空を掻(か)くが、手が風を捉えることはない。

風の音がさらに高く鋭くなったところで、さっと視界が晴れた。

　ふと横を見ると、ライラが手足をばたつかせてもがいている。イリの姿を探すと、諦めたように手を合わせ、目を閉じているのが見えた。

　下に落ちるほど風が熱くなっていく。頭上に目を向けると、はるか上となった『窯』の入口あたりに白い塊が見えた。額に汗が浮かぶがすぐに乾く。強い風が吹きつけているにもかかわらず、汗が引かないほどの熱だ。

　ライラは空中で姿勢を保てず、もがいた勢いでくるくると回り始めた。何事か叫んでいるようだが、風音のせいで聞こえない。

　下を見ると地面が近づいてくる。いくつもの穴があいていて、熱気はそこから噴き出してくるようだ。その風で速さを減じることができればと一縷(いちる)の望みを抱くが、多少は勢いを押さえられても、人の重さを支えられるほどではない。

　きいん、と高い音が穹廬の中に響いた。

　それはどこかで聞いたことのある音だった。

「イリの鳥笛……」

　大鳥を呼ぶ時の小さな笛の音が岩の壁に響き、風の音を押しのけて鮮やかに聞こえる。

やがて何かが疾風を伴って近付いてきた。それはこちらを見ている。鋭く、威厳に満ちた視線がいくつも、自分たちを見つめていた。

落ちることでぶつかる風と、下から吹き上げてくる熱風と、そして二つの風を切って大鳥がこちらへ迫っていた。

一羽ではない。イリのハヤテに似た美しい白い羽根の大鳥が、落ちていく者たちを皆地面すれすれのところで背中に乗せていった。ムウマも柔らかな羽毛の下に逞しき筋肉を蔵した鳥の背に乗せられていた。

「間に合ったな。高い所は苦手だ」

同じ大鳥に助けられたドネルもさすがにほっとした顔をして、額の汗を拭っている。上から見た穹廬の底は、ムウマが見たどの川人の里よりも広かった。

「伝説の通りだ……。我ら川人は地を拓く。大地には古の遺物が埋もれていることがある。その遺物は山を穿ち、ウタギの中を調べる力を持っていた」

「怪者のことだな」

ムウマが言うと、

「そう言い伝えられているのは化け物でも何でもない。過去この島に暮らした者たちが遺したしもべたちだ」

「掘り出したとライラに聞いたけど」

そうだ、とドネルは頷いた。

「では、どうして怪者のような、人の何倍も力を出すものが地下に埋まっているのか。疑問に思うのは当然だろう？　地下に何があるかと俺は考えた。地下と繋がっているのは禁忌とされている『窯』だ。あちこちの『窯』を調べているうちミナオの村にあるウタギは、アマンディの下に繋がっていると考えるに至った。お前たちに邪魔をされたがな。そして俺は見つけたんだよ。聖なる山の『窯』の奥底に何があるのか……」

かつて濛々たる蒸気で見えなかった細部まで、明らかになってきた。延々と平坦な地が薄明るい光の下に広がっている。川人の領域のように緑に覆われているが、平原を遮る山も川も、そして雲の海もない。

ただ、時折猛烈な熱さを伴った風が吹き上がってくる。

「ここは」

ライラが答えを求めるようにイリを見た。

「『窯』から落ちたではありませんか」

熱風を避けるように大鳥は飛んでいる。

「俺が知りたいのは『窯』の中に何故これほどの空洞が開いてるか、だよ」

だが、その問いにはイリも応えられなかった。

イリは大鳥たちに着地するよう命じた。

巨大な岩の尖塔の間をゆっくりと下り、磨き上げられたような広い台の上に止まる。上から見ればごく小さな台だったが、大鳥たちが止まってもまだゆとりがあった。

「人の手が入ってる」

ライラは大鳥から降り立ち、足もとを確かめる。

「誰かいるのか」

ムウマの鼻は人の匂いを捉えていない。

上から見ると緑の微かな凹凸に見えたものが、高い塔であることは降りて初めてわかった。熱風はその塔の先端から噴き出している。ムウマはこの景色に見覚えがある。

「ていん島は飛んでいるのだ」

ドネルが静かに言った。

「何わけのわからないことを言ってるんだ」

ドネルはライラの言葉に指を振って応じる。

「熱き風は天を目指す。とてつもない量の熱い風でこの島は浮いているのだ」

「じゃあその熱い風はどこから来てるんだよ」

それはドネルにもわからないようで、言葉に詰まった。

その時、金属が岩に当たるような音が聞こえた。音がした方を見て総毛立つ。祠にいた鉄の怪物が、数体姿を現していた。

二

ムウマは悲鳴を上げるライラに下がるように言い、ドネルに戦いに加わるよう頼んだ。だが、ドネルは腕を組んで黙ったまま、動こうとしない。

鉄人たちは跳ねるようにムウマたちに近付いてくる。

「奴らは敵じゃない。敵意を収めろ」

半信半疑ではあったが身構えを解くと、ドネルの言葉通り鉄人たちは動きを緩めた。

「向けられる敵意には攻撃してくるが、それは鉄人たちの元々の仕事じゃない」

「それも古の記録から学んだことか」

「そうだ。何者かが作ったものなら、その扱い方があるということだ。イリ、鳥笛を吹いてみろ」

「これは大鳥のためのものです」

「いいからやってみろ」

イリが一つ笛を鳴らすと、大鳥たちが近寄ってくる。そして、鉄の怪物たちが整列して道を空け始めた。

「言った通りだろ。空人の鳥笛は人ならぬものを操る力だ」

ドネルが先頭に立って歩き出した。ムウマとライラもその後に続く。イリは笛に呼ばれて寄ってきた大鳥たちに、ここで待つよう言い聞かせてからついてきた。

石造りの尖塔や椀を伏せたような丸い建物がいくつも重なり合って『窯』の中に奇妙な姿の街を創り上げている。その表面を草や蔦がびっしりと覆っていた。緑の中に鮮やかな紅が点々と灯っていた。

「山で見ないような花がある」

ライラも鼻を近付けて匂いを確かめていた。

「あまり深く吸うなよ」

ドネルがたしなめる。

「お前たちの体では耐えきれない毒を持つ花もある」

「毒？」

「この花はこの地のものではない」

この島でなければどこからきたというのか。島の他に人の住む地があるなど、聞いたこともなかった。

「ドネル」

ライラが声を掛ける。

「お前、本当に王になる気か？」

「王となり、島の全てを握る」

理解しがたい熱情が、その口調に宿っていた。

「真実と向き合い、そのために命を捨てる覚悟のある数少ない者が、志を同じくできる人々を導けばよい」

「……どういう意味だ」

「全員を救うにはこの地は狭すぎるし、人は多すぎるということだ」

ライラは絶句し、反駁した。

「皆を救うために王になるのではなかったのか！」

ドネルはそれに答えず背を向けた。尖塔が林立する辺りを抜けると、道は椀を伏せた形をした石造りの建物の間を縫って続いている。ただ、人が暮らしている気配がない。建物をよく見ると、継ぎ目がほとんどわからないほどに精巧な細工が施されている。

「アマンディの中にこんな場所が……」

ムウマは驚く他なかった。強い湿り気を帯びた風が常に吹いている。

「それにしても不思議だ」

ムウマは頭上を見上げる。

「『窯』から日の光も入ってこないのに明るいし、草木も育ってる」

植物に覆われた尖塔の先端からは熱風が吹き上がっている。

塔の壁からは大きな燭台のようなものが突き出し、その先には眩い光を放つ炎が揺らめいていた。

「あれ、松明か?」

いや、とドネルは首を振った。

「松明でも油を元にした炎でもない。アマンディの力による永遠に消えることのない光だ」

「何故知っている」

「全て言い伝えの通りというわけさ」

曲がり角に立つたび、ドネルは何かを思い出すように口ずさんでいる。周囲には、細長く先のとがった岩の塔が林立している。中には窓のような小さな穴が開いているものもある。

「ここか……」

ドネルは尖塔が並び立つ一画で足を止めた。

三

ドネルは建物の、蔦にひときわ分厚く覆われたあたりに手を入れ、引きちぎった。傷つけられた緑が濃い香りを放つ。

蔦の下には、大鳥を模した浮彫が施されていた。ドネルが浮彫に触れると、大鳥の周囲に光が浮かび上がり、同時に何か外れる重い音がして、壁の一部がゆっくりとせり上がる。

「やはり……」

ムウマがここは何なのか訊こうとする前に、ドネルは早足で先へと進んでいく。外は緑の気配が濃かったが、尖塔の内側はひんやりとして乾いている。四方の壁は磨き上げられたように黒く光っていた。外とはまた異なった、無数の小さな光が命を宿しているかのように明滅して、周囲を照らしている。やがてドネルも、足を止めることが多くなった。

「『窯』の中は案外ひんやりしてるんだな」

ライラが体を一度震わせた。

「塔の先からは熱気が出ていたのに」

イリが白煙を止めた塔を見上げ、

「こちらだと思います」

と先頭に立って歩き始めた。後についていきかけて、ムウマとライラは顔を見合わせた。そしてムウマが疑念を口にする前にドネルがイリの前に立ちはだかった。

「空人の娘よ、お前は何を知っている。この島の、聖なる山の秘密を俺に教えろ。何故わざわざ我らのウタギに落ちて、アジの子らをここへ連れてきた」

否定しないイリに、本当なのかとライラが詰め寄る。

その時、横にゆっくりと揺さぶられるような強い地揺れがした。

「くそ、もう時間がない。どの道お前たちは俺に力を貸さねばならん。滅びを選ぶなら別だがな」

ドネルは舌打ちし、再び歩き始めた。

四

　地揺れに匹敵するような大きな音が頭上からして、天井の一部分が崩れ落ちた。崩れたところをめがけて数体の鉄人が飛び、埋めるように形を変えていく。仲間のそんな姿を見届けた残りの鉄人たちは、またゆっくりと動き出す。

　イリに詰め寄っていたライラは揺れで怒りの鋭鋒（えいほう）を鈍らされたのか、

「後で答えろよ」

　と背中を向けた。ドネルは揺れの後の鉄人たちの動きを興味深そうに見ていた。

「ここを作った者たちは、自分たちが滅んでも『窯』の中を修復する仕組みを作っていた。あの鉄人たちは聖地の奥を守るだけではなく、山を修復するための部品だったのだ。そして俺たちもまた、人という存在を島の上に残すための部品でしかない。これまでのところはな」

　ドネルの言葉には、やはりムウマの心を揺らす何かがあった。もっと知りたい、教えてくれ、という心と、拭いがたい不信がある。その揺れを見透かしたかのように、ドネルはムウマに語り掛けた。

「ムウマ、お前はウカミダマの力を得て、仲間に愛されたか？　違うだろう。どれだけ獲物を捕らえて人々の胃袋を満たしてやったところでその感謝はすぐに忘れられる。だが、俺に従えばそうはならない。お前はようやく、英雄になれるんだ」

　心の奥深くに抱いていた思いを言い当てられたような気がして、ムウマはさらに動揺した。

「あいつの言葉を真に受けたらだめだ」

ライラがムウマの手を摑む。それで少し我に返った。

「わかってる。でも、アマンディの中に何があるのかをこの目で見たい」

「英雄になるために？」

「違う」

ライラと話しているうちに、心が定まってきた。

「島が元通りにならなければ、仲間たちが飢えて死ぬ。助ける方法がここにあるのなら、それを見つけたい」

「ドネルの手下になってもか」

「なるわけない」

「よかった。だったら俺も一緒に行く」

ライラは安心したように微笑んだ。

『窯』を落ちると尖塔が林立する空間があり、塔の中にある長い階段を下るとまた扉がある。

「不思議なところだな」

ライラは一度体を震わせた。ドネルが意を決したように扉を開いたので続いて出ていくと、急に明るい光が降り注いだ。足元が黒く柔らかな土で覆われている。ライラは指で土をすくうと匂いを嗅いで目をしばたたかせた。

「何ていい土だ」

外に出たのか、とムウマも周りを見回す。黒い土を丈の短い草花が覆っていた。

「こんな豊かな土は川人の拓いた土地でも見たことがない。十分な水と陽光がなければできないはずだ」

「ここは外ではありませんよ」

イリがそう断じたが、ライラには信じられないようだった。

「こんなに温かくて明るいのにか」

「空を見てみろ」

周囲に灯りが光っているわけではなく、頭上に太陽が輝いているわけでもない。なのに快適に明るく温かく、そよ風まで吹いていた。

何かを探していたドネルが、見つけた、と呟いた。

「何を見つけたんだ」

「何でもない。それより、お前たちはここで少し待っていてくれ」

視線が泳ぎ、落ち着かない。

「この先でちょっと調べたいことがあってな」

「何だ？」

「いいから。もうお前たちは運命を共にした同志だ。信じて待っていてくれればいい」

そう言うと早足で走り去った。ムウマとライラは慌てて後を追おうとするが、イリが止める。

「ドネルとは別れた方がいいと思います。今は目的を同じくしているかもしれませんが、彼が求めるものと私たちが求める結果は同じではありません」

「王になりたいと思っていることか」

ライラが言うとイリは頷いた。

「彼より先に、島の異変を正し人々を助ける方策に辿り着きたいのです」

イリは口調を強めた。

盛りを迎えたアシビの甘い匂いが、あたり一面に広がっている。他にも、薄桃色の花弁を白で縁取った小さな花が点々と咲いていた。どの方向に歩いても二百歩ほどで壁に当たってしまう。

ライラは壁に触れ、扉が隠されていないか探っている。不思議な壁で、遠くから見ると延々と草原が広がっているように見える。草花ですら風に揺れて動いているが、それはムウマが手を伸ばしても触れられなかった。

ライラも動く絵の映し出された壁に触れて驚いている。ムウマはその時、何者かの視線を感じた。

「こういう仕掛けもイリは知っていたのか」

「いえ……」

ムウマは周囲の気配を慎重に探った。狩りをする時のように注意深く、警戒を高めていく。

山茶の葉を煎ったような香ばしい匂いが漂ってきた。

「ハヤテ……待って」

それまで冷静さを失うことのなかったイリが急に叫んで走り出した。ムウマは周囲を確かめたが、大鳥の姿はない。ハヤテは川人の首府で葬ったはずだ。何か幻を見ているのかとライラを見ると、やはりおかしくなっていた。

とろんとした目で身を寄せてきて、呼吸まで荒い。

「具合でも悪いのか」

「違うよ」

その瞳は潤んでいた。

「やっと邪魔ものがいなくなった」

頬が紅潮し、形の良いくちびるの端から舌がちろりとのぞく。ライラの甘い香りがムウマを包んで、理性が弾け飛びそうになった。

「ライラ！」

すんでのところで身をかわして後ずさる。

「しっかりしろよ。アマンディの秘密を調べるんだ」

「それは後で……」

しっとりと湿り、ぬめりすら感じさせるような声だ。指先が伸びてきて、ムウマの頬に触れる。気付くと、ムウマは草の上に押し倒されていた。

「こういうことは……」

良くない、とムウマは抗おうとした。だが、そうさせない魔力がライラの瞳にはあった。神々へ捧げる舞を披露する時と同じだ。

誰もがそのしなやかな指先に、憂いと媚（こび）と気高さを秘めた視線に、心を奪われてしまう。そして今、力の全てが自分に向けられていた。ライラの表情と肢体から、目を離すことができない。

喉を反らせて叫びたい衝動が湧きあがってくる。ライラの誘いに、肉体が応えそうになる。

しかし応えるわけにはいかない。三つの民は互いに交わってはならぬ。その掟があるからというわけではない。ライラもイリも、ここまで旅を共にし、父を失った悲しみすら共にしてきた仲間だ。

「ムウマは私のことが、嫌いなのか」

ライラから発する過剰なほどの艶を前に、思わずムウマはその首を抱き寄せた。甘い少女の香りに、甘い花の芳香が入り混じる。

本能が奔流となって押し寄せてくる。だが、ライラの香りの向こうに、川人の里が浮かんだ。

豊かで美しい田畑と町の向こうに、飢えて痩せた人々の姿が見える。彼らの後ろには緑豊かな山が聳えていた。

正気に戻ったムウマは抱き寄せた首筋に拳を押し当て、一瞬力を入れた。

背中に回された柔らかな腕が力なく垂れ、くたくたと崩れ落ちたライラを抱き上げて、柔らかな草の上に横たえる。これでムウマ以外にこの場で目を開けている者はいなくなった。

いや、もう一人いる。その気配のする方に向かって歩く。

「そろそろ顔を見せたらどうだ」

殺気があるわけではない。ただ、こちらを見ているだけだ。

見ている者はアマンディの神なのだろうか。だとしたら恐ろしいが、懐かしくて、温かい気配にも感じられた。

ムウマはじっと動きを止めてその正体を探ろうとした。

呼吸を抑え、草原へと融け込ませるよう心を空にしていく。あちらからは見えているはずだが、一切の動きと気配を消すことで相手に不審の心を起こさせるのが狙いである。

人であれ獣であれ、不審を抱くと動く。だがその気配に動きはない。動きは感じられないのに、転々と場所を変えていく。最後に気配を感じた場所に走ったムウマの前に、道と草原が描かれた壁が聳えていた。

五

アマンディの頂にある祠で見た壁画よりも細密で、実際の景色と何ら変わらない。指先は確かに壁を感じているのに、目は向こうの空間を捉えている。触れながら壁に沿ってゆっくり歩いていくと、急に壁の支えがなくなる場所があった。

絵の中に腕が吸い込まれて向こうにひんやりとした風を感じる。思い切って踏み込んでみると、そこは薄暗く狭い通路になっていた。もう一度手前に戻ると、壁に映し出されている草原の様子は変わらない。

何かが遠ざかっていく気配を通路の先に感じて慌てて後を追う。通路の終わりは壁になっていて、ムウマは足を止めた。

心を鎮め、様子を探る。すると、壁の向こうから微かに人の匂いがするのを感じた。壁を押してみるとゆっくりと開いていく。扉の先に見える光景を見て、ムウマは混乱した。そこは見晴らし台になっていて、山と川と空の民の姿が同時に視界に入ったからだ。

三つの民が隣り合って暮らしている村の中央には広場があり、そこでは食糧や日用品などが豊かに並べられて、客と店主で物のやりとりをしている。

地上では見ない類の道具や衣もある。祠で見た、狩りに使えそうな不思議な武器の絵と似た物もあった。

見晴らし台の傍らには細い梯子がかかっていて、それを下りていくと、一人の男が近寄ってきて彼の肩を叩いた。誰かと思って振り向くと、いきなり抱きすくめられた。その腕の強さと獣衣の匂いに覚えがある。

がっしりとしたその姿を見て、ムウマは我が目を疑った。肩に置かれた手の強さ、全身から噴き上がるカリシャとして、戦士としての気魄は何も変わらない。

「俺が『窯』に落ちたあとも、うまく生き延びていたな。それでこそ俺が見こんだカリシャだ」

ミリドは眼を細める。

「よく来たな」

胸の中にどうにもならないほどの感情が湧き上がって、ムウマは泣き崩れた。

「山一番のカリシャが泣くなよ」

兄に肩を抱かれて、ムウマは頷くことしかできなかった。ウカミダマを身に蔵してから、どれほど獲物を村に持ち帰っても人々の目は冷たかった。それでも、仲間のために働き続けた。ミリドの分も、と山を駆け続けたのだ。

「お前はよくやってた」

ムウマは涙が引くのを待ち、ミリドを見上げた。

「ここは聖なる山だ。ムウマがどれほど頑張っていたか、ずっとここから見ていた。そしてこの山で会える日を心待ちにしていたんだ」

「そうだ、父さんが……」

ここまでの経緯をミリドは黙って聞いていたが、悲しみも驚きも見せなかった。

「見ていたからな……。でもここから出ては行けなかった」

「ここが罪人たちの集まる地だからか」

ミリドは笑って首を振った。

「何という名目でここに落とされるか聞いているか」

「罪を償うために山と一体となり、魂を清める……」

表向きはな、とミリドはムウマの瞳をまっすぐに見つめた。

「ここにいる者たちの罪はもう償われた、というより罪などそもそもないのだ」

「どういうこと？」

ムウマはミリドの言葉の意味がわからなかった。ただ、ミリドには罪人の気配はない。牢獄に囚われているわけでもなく、アマンディの中で何不自由なく暮らしている様子が筋骨の張りから見てとれた。

「聖地の中にいるよう命じられた者は、すなわち選ばれし民だよ。強く賢く勇敢で、時に狡猾ですらある者たちがここで命を保つのだ」

両手を天地にかざし、祈った。

「ここでは飢えもなく、病も怪我もない。さすがに不老不死とはいかないが、寿命が来るまで生を楽しめて、死ぬ時も苦痛はない」

どうして飢えも病も、そして苦痛もないのか。食料や物はどこから来たのか。

「聖なる山の力のおかげで全ての苦しみから自由でいられる、と言いたいところだがな。外の民のおかげだよ」

山や川に起きている異変を、彼はミリドに告げた。人々は例外なく苦しんでいる。だが兄は、ムウマが思ったような表情を浮かべなかった。

「外の様子は知っているさ。だからこそ、俺たちはここにいる」

「だからこそ……」

「ムウマよ、蛇と山鼠の話を憶えているか」

ミリドは突然そんなことを言いだした。山人の親が子によくするおとぎ話だ。

「山から蛇がいなくなれば、鼠が山をめちゃくちゃにしてしまう話だろう。どうしたんだ急に」

「人は増えすぎたのさ。島はもうぼろぼろだ。ムウマたちは運がいい。山の怒りが放たれる前に、アマンディまで来たんだから。だが、山の怒りを待つまでもない。人は殺し合い、自ら数を減らす。これまでそうしてきたようにな」

ミリドは微笑みながら続ける。

「さあ、今宵は歓迎の宴だ。ここには何でもある。肉も酒も、芋も米も思うがままだ。外の連中はかわいそうだが、知らないことは幸せでもある」

ムウマは思わず、ミリドの胸倉を摑んでいた。

「どうしたんだ」

ミリドは動じず、ムウマの腕を摑んで逆に引きずり倒した。

「俺に勝てると思っているのか？」

ミリドは山一番のカリシャだった。弓矢の腕でも取っ組み合いでもムウマは勝ったことがない。だが、これほど簡単に組み伏せられたことはなかったはずだ。

「人が殺し合っているのは、山や空の恵みが絶えて飢えているからだ。ミリドもカリシャなら、こんなところで黙って見ていないで食べ物を皆に分け与えろ」

「俺たちがここにいることが命を繋(つな)ぐことになるのだ」

ミリドは狩りを教えてくれた時のように、ゆっくりと諭した。

「アマンディの奥深くに入ることを許された者たちは、ここで暮らし、力を蓄える。滅びの炎が去った後、地上に戻って交わり、増えていくのだ。お前は先ほど『交わり』の間を通ったな？少女の香りがするぞ」

ムウマは思わずミリドを突き放して距離を取った。

「ここに来た以上、道は二つだ。我らと共に滅びの後の島を甦らせるか、地上に戻って死ぬか、だ」

「島が甦れば皆助かるのか」

「ここにいる者は助かる」

「地上の人たちはどうなるんだ」

「ここにいない者たちのことはどうしようもない。大地に乗せられる人間の数は限られてるんだ」

「乗せられる数とはどういうことだ」

「人の数が増え過ぎると、野は人で溢れ、食物は不足し、人々はやがて争いを始める。だから島は人が多くなると減らすようにできているんだ」

「馬鹿なことを言うな！」

ムウマは怒りと共にミリドの頬に拳を叩きこむ。だが、顔をわずかに背けただけで受け止めたミリドは、ムウマの拳に手を添えてゆっくりと下ろした。

「頭を冷やしてよく考えろ」

ミリドはゆったりした足取りで去っていった。全く歯が立たなかったことも口惜しいが何よりミリドの言葉が腹立たしかった。

空が徐々に暗くなり始めていた。外の世界なら星や月が輝き、その光を受けて雲がうっすらと光を帯びていく時間だ。しかし、星も月も、もちろん雲もない。本物の空に似ているようで、まるで違う。

そうだ、ライラとイリを探しに行かなければ、と元来た道を引き返す。回廊の途中で、不安そうに歩いてくる二人に出会った。

「無事でよかった」

顔を見た瞬間、ムウマとイリは同時に口にしていた。

「あの場所は何だったんでしょう」

「交わりの場、らしいけど」

ムウマが言うと、イリはさっと頰を赤らめて口を噤む。頼むからそれ以上言うな、とライラはムウマに懇願した。そんなことより、とミリドの言葉を二人に告げる。

「ここに皆を連れて来られたら、助けられるかもしれない。島の本当の姿を皆で知って、先の事を考えればいい。争いも止めることができるかもしれない」

ムウマは口惜しそうに言った。

その時、ムウマの脳裏に、白い雲の代わりに四方に青が広がる光景が浮かんだ。あの記憶が幻でないとしたら、島には外がある。そこは島よりも広大な地があるはずだ。だがその考えを吹き消すように、また大地が大きく揺れ、傾いた。

どこかで山崩れの音がする。

「地揺れの間隔が短くなってる……」

ライラが頭上を見上げた。揺れはアマンディの中に不気味な反響音を生んでいる。

アマンディの中腹にある『窯』の近くには大きな穹廬があり、王神の宮殿となっていた。その下にはさらに巨大な穹廬があり、ミリドたち『窯』に落ちた者が暮らしている。アマンディはこの村を守るためか、隠すために築かれた砦のようなものかもしれない。

ただ、山人一のカリシャで、弱き者に優しく、理不尽なことには怒っていたミリドの変貌がムウマを戸惑わせていた。

「地上のことも気になる。何とか手立てを探そう」

ムウマたちは村の中央へと歩いていった。道の両側には川人の堅牢そうな木組の家と、空人の細かい枝を編み込んだ小ぶりの家々が向かい合っている。十数軒ほどの家並みを過ぎると、やがて小さな池を中心とした広場に出た。

広場から三本の大きな通りが伸び、それぞれの道の間には整然と三つの民が分かれ住んでいた。川人の住むあたりには川が流れ、田畑も拓かれている。山人の住むあたりには木々が生い茂っている。空人の住む一画に大鳥の姿はないが、建ち並ぶ家々は空人の里で見たものと同じく、細い枝を無数に組み合わせたものだ。

しばらく歩くと、壁に突き当たった。『窯』の中で見てきたものと同じく、ここも円形の穹廬になっていた。壁に沿って一人が歩ける程度の道がついている。

「村の出口、あったはずだよな」

ライラは不安そうに壁に触れる。先ほど入ってきたはずの入口が見えなくなっていた。

「見えるところに出口を作りたくない理由があるんだろう」

その時、ムウマは強い視線を感じ、身がまえた。壁に沿って人影が一つ浮かび上がる。

それはミリドであった。彼は剣を抜いていた。ムウマは、ライラとイリを守るように前に出る。ミリドの口元からわずかに白い歯が覗いた。

「ここから出れば死ぬことになると言ったはずだ。外にいる増え過ぎた者たちと同じように」

ミリドは突然剣を壁に突き立てた。切っ先が欠けるほどの勢いだったが、壁はびくともしない。

「どうすれば出られるか、ミリドは知っているのか」

「お前たちがここに連れて来られた理由を考えればいい」

欠けた切っ先をムウマに向けた。

「掟を破ったことへの裁きを受けさせせられるためだろう？　僕は川のウタギに入ってしまったし、こうして交わってはいけない川人や空人と一緒になってしまったから」

「という建前になっている。さて、そろそろ教えてやったらどうだ。共に真実を知る者よ」

ミリドの視線は、イリに向けられていた。

何故ミリドがイリを知っているのか、そしてイリも言葉を掛けられても驚く様子もなく、じっとミリドを見返している。

六

「……それ以上話すことは許されません」

「ここまで来て何を隠すことがある？」

イリの肩がわずかに震えた。

「この二人を利用するために、お前は川人のウタギへ家族に等しい大鳥を突っ込ませた。禁忌を破らねば、アマンディの真の聖地に至ることはできない。俺も禁忌を犯すために、ムウマをウカミ神の崖に連れて行ったのだが、自分が『窯』に落ちてしまった。だがそれはかえって良かったんだ。こうしてアマンディの奥へと来ることができたのだからな」

「ここに来るために、僕を……」

ムウマは大地がさらに傾いたような気がして、膝をつきそうになった。

「イリは全てをわかった上で掟を破った。アマンディに送られれば、地上が滅びた後もこの村で生き延びて子孫を残すことができる。それなら俺と目的は同じだろう。この後、島がどうなるかはお前も知っている。だから己が助かろうとする道を考えたのだろう？」

イリは表情を消してミリドを見つめている。

「本当なのか」

「本当にそれが目的で俺たちを利用したのか」

ライラの声は掠れていた。

肩を摑んで揺さぶる。だが、イリはライラをちらりと見て俯き、何も答えない。

「この『窯』の中にいる者たちだけが助かり、一度滅んで人のいなくなった島を生まれ変わらせるのだ。王神に新たな時代のアジとなれと命じられて、拒む理由はなかった」

「山の仲間のことを考えなかったのか」

「お前も山人ならわかるはずだ。たとえ山火事で全てが焼けても、種さえ残れば山はいずれ元に戻る。その種を守る者こそ、王神なのだ。その真の力を知って、拒むことなどできない」

「真の力？　偽りを見抜くという力か」

そんな小さなものではない、とミリドは首を振る。

「全てを委ねられ、見守り、そして後世へ繋いでいく。その道を妨げる者がいれば取り除く。その王神の力を目の当たりにすれば、お前も従う気になるだろう」

「昔のミリドならそんな誘い、拒んだはずだ」

「昔から俺はこうだ。カリシャとして最善の道を選ぶ」

ムウマはただ、許せなかった。その力を仲間のために使わず、自らが助かることを第一に考えているのが我慢ならなかった。怒りで全身に血が漲るのを感じる。獣の力を使う気にはならない。山のカリシャとして正しき道をゆかねばならなかった。

「わかっているだろう。お前では俺に勝てない」

「確かに、昔の僕なら勝てなかった」

「先ほど負けたばかりだぞ」

ミリドが両手を広げた。熊のように大きく、分厚い体だ。

組み合った瞬間に、首と肩にずっしりと重さがかかる。押して退かず、引いて崩れない。

目の前の顔めがけて肘を振り抜く。鈍い音と共に頬骨に肘が当たったが、ミリドはびくともしなかった。間合いを取ろうとしたが、ムウマの首と肩を摑んだ膂力がそうはさせない。

逆にこめかみに肘を当てられて、視界が揺らいだ。その揺らぎを止めようと、ミリドの額に頭突きを叩きこむ。一つ打てば、一つ返ってくる。

これほど差があるのか。

それが腹立たしかった。この強さがあれば、カリシャとして山の仲間も、川人も空人も助けられるはずだ。どうしてその務めを果たさないのだ。

「人をあてにしているようでは、誰にも勝てない」

十合、二十合と打ち合う音が響いた。その度に、ムウマの肉体が壊れていく。

「ウカミ神の力は使わないのか。いや、自在には使えないのかな。やはりお前には山の魂は荷が重かったのか」

みぞおちに膝が入って、ムウマは蹲った。何とか立ち上がって挑みかかるが、足に力が入らない。

「もう遅いのだ」

ミリドがしがみついたムウマを振り払う。

「何もかも遅いのだ。恵みは絶え、戦いが起きた。民たちは争い合っているし、大地の揺れも傾きも激しくなるばかりだ。何も守れないなら、たとえ一人になっても己自身を守る。それが戦う力を持つ者の務めのはずだ。ムウマ、お前も全てを捨ててそうするべきなのだ」

「捨てる必要などない。まだ、守れる」

全身に力を籠める。

「間に合わなくても最後まで戦うのがカリシャだ。山に人がいる限り」

そして、と拳を握る。

「この島に人がいる限り諦めない」

これまでとは違う怒りと悲しみが胸の中に満ちた。山人として、カリシャとしてミリドを許せないと思った。だがそれだけではない。

命の危機だ。己の命ではない。島に暮らしている何百、何千という命の危機だ。山の仲間たちの、ミナオの村の子供たちの、雲の王から里を守って命を落とした少女の、それぞれの顔が目の前に浮かんだ。

仲間を守るために戦うカリシャの心が山の力を、ウカミの魂を呼び覚ます。仲間は山の中にのみいるのではない。山裾の沃野にも、聖山の麓にもいる。

「お前はその力で……守ろうとした仲間に忌まれていたのではないのか。俺と共にこい。共にアジとなり、王となろう」

優しげな表情を浮かべて、ミリドは誘いをかけてきた。

「忌まれようと、僕はカリシャだ。仲間を飢えさせず、明日を迎えさせるんだ」

ミリドはさっと下がって距離をとると、腰に手挟んだ短弓を構えた。弦を引く手も見せず立て続けに矢を放つ。だがウカミ神の速さを捉えることはできない。ムウマは矢をかわしつつ、一気に間合いを詰める。弓を投げ捨てたミリドも応じ、再びがっと組み合った。二人の足が地にめり込む。

「さすがはウカミ神。とてつもない力だな」

ミリドの全身は汗に濡れ、ムウマの呼吸は荒くなっていた。ムウマはミリドを組み伏せようと突進を繰り返す。だが、受け止めることをやめ、巧みに受け流されていることに気付いた時には、足が重くなっていた。

徐々に疲れさせ、追い詰め、鋭い爪牙を持つ狼ですら仕留めるカリシャの戦い方だ。ムウマはいつしか追われる獣になっていた。

「ムウマ！」

その時、イリが声を上げた。歌声が聞こえてくる。

ライラだ。

美しく勇壮な舞いが視界の端に映った。感覚がなくなっていた手足に力が戻ってくる。拳から伝わってくる痛みが心地よい。

「山人のくせに川人の声援を受けて戦うか。面白い」

ムウマは再び間合いを詰める。ミリドが初撃をかわして後ろへ跳ぼうとしたところを、狼の爪で貫く。ミリドの目が赤く染まり、彼はムウマの腕を摑んで力を籠める。しかし、その力は徐々に弱まっていく。ミリドの瞳から光が失われていくのを見るうちに、怒りが消えていく。幼き日々が脳裏に甦った。

「とどめを刺せ！」

思わず大きく間合いを取ったムウマを、ミリドは叱りつけた。

「牙、爪、角を持つ獣と戦う時は、息の根を止めるまで気を抜くな、未熟者！」

ミリドは力を取り戻したかのように顔を紅潮させ、憤怒の形相で近付いてくる。だがムウマは棒立ちになったまま動かず、踊りを止めたライラが駆け寄ろうとするのを目で制した。

「どうした。勝負を諦めたか」

ミリドは拳を握り、振り上げる。それでもムウマは動かない。

「カリシャは、とどめを刺した相手をもう傷つけない」

振り上げられた拳にムウマはそっと手を添えた。

「もうやめよう」

ミリドはムウマの手を優しく払い、自ら拳を下ろす。そして膝をつき、横たわった。

「強くなったな」

「ウカミ神の加護がなければ負けていた」

「なくても俺が負けていたよ」

見る間に青ざめていくミリドのくちびるが微かにわなないているのに気付き、ムウマは耳を近づけた。

「変を求めるなら……俺の……爪跡を……たどれ」

「爪跡？」

「そして、憶えておけ。この島に王はただ、一人……」

ミリドの表情が、穏やかなものへと変わっていく。その遺骸をそっと横たえ、兄を見つめているムウマの肩に、イリが手を置いた。

「先へ進みますか」

だがムウマはしばらくイリの顔を見なかった。

「ごめんなさい」

「どうして謝るんだ」

「多くを隠してあなたたちをここへ連れて来たことです」

振り向いてイリの瞳を見据えたムウマは、

「アマンディの奥へと入るためにわざと川人のウタギに落ちたのではないんだよな」

念を押すように訊ねた。

「ウタギに落ちたかったわけではありません。それは信じて欲しい……」

イリはムウマから視線を逸らさずに答えた。だが、ライラはイリが最後まで言い終わる前にその頬を張った。

七

「ふざけるなよ。やっぱり全て初めから仕組んでたんじゃないか」

「山と川のアジが会うのは、私の耳にも入っていました。私が落ちれば、三つの民のアジの子が山の中に入り、子孫を生す好機が訪れるのです」

「子孫を生すだって？」

ライラは顔を真っ赤にしていた。

「島が滅びてもアマンディの中にはあのように人が暮らせる場所がある。空、山、川全ての種が残れば、また人は殖えていけます」

ライラの怒りを受けても、イリは静かな表情を崩さない。ムウマは怒りよりも、むしろ感心した。

「イリは凄腕のカリシャなんだな」

山人と川人のアジの子に狙いを定め、望むように歩かせ、目的を果たそうとした。

「先へ進んで生き残る側に入るか、このままここで人々と共に滅びるか、選ばねばなりません」

イリの声は一段と低い。

「お前の言っていることはドネルと同じだ」

ライラは噛みつかんばかりの勢いで反駁した。

「違います。私は王になりたいわけじゃない」

「他の人たちを見捨てるなら同じことだ。空人の祝女が命を落とした時に見せた悲しみは嘘だったのかよ」

「嘘じゃない。捨てなければ拾えないものもあると何故わからないのです!」

「わかってたまるか!」

怒りを爆発させるライラに対して、イリは再度選ぶよう頼んだ。

「罠に嵌(は)めるようなことをしたお前に、俺たちが力を貸すとでも思ってるのか?」

「貸してもらわねばなりません。貸して下さい」

イリの声は微かに震えていた。

「そこまでイリが思い詰める理由を教えてくれ。たとえ多くを隠して僕たちをここに連れて来たとしても、もう教えてくれていいはずだ」

ムウマはライラの肩に手を置いてなだめ、イリに逆に頼んだ。イリはしばらく目を伏せ、そしてムウマを見つめた。

「私は聖地アマンディを含むこの島の秘密を見たのです」

イリのくちびるは青ざめていた。

「……幼い頃、姉を探して空人のウタギに入ってしまった私は、島の秘密を知ってしまったのです。島がまだ雲の下にあったとき、大きな戦がありました。最後の戦いが終わり、人はほぼ死に絶えました」

足元が大きく揺れ、山が傾いた。

「広大な『水の』海と大地、そして無数の島々がありました。ですが多くの争いを経て島の多くは荒れ果て、わずかに残った人々がこのていん島に集まったのです」

あたり全てが『窯』になったかのように、激しい噴煙を上げていた。

「彼らは島を空に浮かばせ、争わぬよう分けたのです。島を空に浮かばせる力を聖なるものとし、その上に王神たち人々を司る者たちを蓋として人々の目から隠しました」

「聖なる力とは何だったんだ」

ライラはもどかしそうに訊ねた。

「そこまではわかりませんでした。ただ、その仕組みを支えるために人の魂が必要でした。空人は王神を出すと同時に、その聖なる力への生贄を求められてきた。今、その役割を務めているのが私の姉、ユリです。彼女が山に入ったその日から、私は姉を取り返す準備を始めたのです。調べていくうちに、この島の残酷さを知ることになりました」

大木に強い風が当たるような不気味な音が、山の鳴動と共に響いた。イリは意を決したように話し続ける。

「大地の下に空があり『窯』が吹き上げる熱い風が、ていん島を雲の海に浮かべています。しかし島はかつて、雲の下にありました。広大無辺の水の上に浮かび、多くの人がそこに住んでいたといいます。ですが、島の内外で起きた大きな戦で多くの人が死に、生き残った人々を守るために飛び続けているのです」

ライラは息を呑んで聞いている。

「姉を取り戻すためには、アマンディの奥深くに入らねばなりません。アマンディの『窯』へ近づくには、まずはアマンディに召喚されなければならない。姉と私の間を妨げている力を逸らすには、大きな事件が必要でした」

ムウマの中でも多くのことが繋がっていく。イリはそこで一度、言葉を切った。

「山が支えられる命が限られているように、島が養える人数も限られています。それを越えた時、島を司っている者たちは一つの断を下してきました。それは、人の数を大きく減らすことです。助かる方法は一つしかありません。残される側に入るか……」

さらに決断を迫るイリを、ライラは制止した。

「だからどうして、イリの答えはそれしかないんだよ。お前は自分たち以外の人が滅んでいいと、本気で思ってるのか」

「そんなこと……」

「俺たちはアジの子だろ。な？」

ライラはムウマを見た。ムウマは力強く頷く。

「このままだとアマンディの中に匿われた人たち以外は確かに全員死ぬ。でも僕たちだけではなく、山人が、いや、島の人たちが生き残る道を選ぶ」

八

「そんな道はもうないのです」

　イリが悲痛な声を上げた。だがムウマは違うと首を振る。

「飛びたてたのなら下りることだってできるはずだ。雲の海の下に広い世界があるなら、島を下ろしてそこで暮らせばいい」

「またかつてと同じことになるかもしれないのですよ」

　それも違う、とムウマは力強く否定した。

「もう同じことにはならない。僕たちはもう、これまでとは違う道を歩き始めてる。交わりを断たれていた人たちが交わり、秘められた場所を目にしている」

「それが争いを呼ぶのです」

「争うことはあっていい。でも、滅ぼしてはいけない。それは別の滅びを呼ぶだけだ。山から蛇がいなくなれば、鼠が山をめちゃくちゃにしてしまう。鼠がいなくなれば、蛇は生きていけない。獣は必要な争いしかしない。僕たちにだってできるはずだ。イリ、島にいる鳥たちに頼んで欲しい。全ての人は山に集まり、その時を待って欲しい」

「その時？」

「島は雲の海の中じゃなく、空に浮かんでいる。鳥が羽ばたく力を変えて枝に止まるように、ゆっくりと下におろせるはずだ。水の海の向こうには、多くの島があるんだよな？　水の海なら、大鳥を操れない民でもその恵みを受けることができる」

イリは驚きの表情を浮かべたが、やがてゆっくりと頷いた。

「ムウマならやれるかもしれません。ただ、ここから山の頂に出るのは遠すぎます。大鳥を呼ぶのも難しい」

「ミリドはここから外の様子を見ていたと言ってた」

はっとイリは顔を上げる。

「空人のウタギ……」

「あの大きなヒルギのこと？」

ライラが言うと、イリは頷いた。空人の村の入口に、ひと際大きなヒルギが枝葉を広げていた。アマンディの指先と崇められていた。

「聖なる山には二つの門があると言い伝えられてきました。頂の『窯』と、もう一つは、我ら空人のウタギです」

「ミリドが外の様子を見ていたのだとしたら、そこというわけか」

山の頂から『窯』に落ち、何層もの穹廬を通り抜けて下ってきた。空人の里は山の中腹にある関所のすぐ近くにある。その辺りまで来ていてもおかしくはない。

ムウマは壁に触れる。ミリドは、俺の爪跡をたどれと言っていた。山人は仲間に道や獲物を教える際に、木の肌や岩に目印を刻むことがある。ムウマはミリドが刃を突き立てた壁に近付いた。

新しい壁の傷のすぐ近くに、両手で握れるほどの取っ手が隠れていた。力を込めて引くと、軋みを上げて開いていく。中を覗いてみると、木の根で囲まれた狭い道だった。急な坂道を三人は駆け上がる。

その先にはもう一つ扉があり、ムウマはそれを勢いよく開けた。

陽光がさっと入り込んできて、ムウマは思わず目を細める。そこには、なだらかな山肌に沿うように人家が広がっていた。どれも小さいが、木の枝を使って鳥の巣のように組み上げられた家々であった。だが、もはや平穏な姿ではない。

あちこちで煙が上がり、島の全てが『窯』に変貌したかのようだった。大地は揺れ続けて傾き、誰もがまっすぐに立つことすらできなくなっている。

「我ら川人がこれより島の、人々の未来を司る！」

誰かが叫んでいる。だが、彼らも無傷ではいられなかった。背後から白き衣に身を包んだアマンディの兵たちが襲いかかっている。ムウマたちが間に入ると、川人の兵たちが斬りかかってきた。

「僕たちは敵じゃない！」

「では味方なのか！」

ドネルに命じられてここまで来たのだろう。兵たちもまた生き残ろうと必死だった。ライラが見覚えのある者たちの名を呼ぶと、兵たちの殺気がふと緩んだ。

「ここにいる者を全て殺せ！　聖地を我らのものとするか、死ぬかだ。既に仲間たちの多くが命を落とした。それを無駄にするつもりか！」

兵を率いる衛士が怒鳴りつける。

「違う！　これ以上命を無駄にしないために、争いを止めるんだ」

ライラが叫んだ。イリは鳥笛を吹き鳴らす。これまでより高く激しい笛の音が、山風を衝いて四方に響きわたった。その音に呼応して、大鳥たちが四方から集まり始める。

「島に残る全ての空人に伝えて。すぐさまできるだけ高いところに登るよう、皆に告げて下さい。アマンディに近い者は気にすることなく山へ！」

「誰が空人の言葉など聞くか！」

兵たちの声にも焦りがあった。

「早くしなければ全員が死ぬんだぞ」

「だったら川人に従え！」

「そんなことを言ってる時か」

さらに言い返そうとした川人の兵が言葉を失う。その視線の先を追って振り向いたムウマも同じく言葉を失っていた。傾いた島が雲の海に波を立てている。雲の波が割れてそこから雲の王が巨大な蛇身をあらわにしていた。真紅の眼を怒らせた雲の王が頭をもたげ、地響きのごとき咆哮を上げている。

川人の里や空人の里で姿を現した時よりも遥かに凶悪な気配を纏い、牙を剝きだしにするなり閃光を放つ。山が一つ一瞬にして消し飛び、そこが巨大な『窯』となって新たな白煙を噴き出し始めた。

「もう終わりだ……」

ムウマと対峙していた川人の兵は武器を捨てて膝をつく。

「終わりじゃない。生きるんだ」

雲の王はそのままムウマたちの方へと突進してくる。空人の里で戦っていた者たちも、ためらいを見せた後にアマンディの山の頂に向け、走り始めた。ムウマはその場でアマンディに背を向けて立ち止まり、雲の王に向かって口を開く。

「滅びるかどうかは自分たちで決める。雲の王よ、今こそその務めを終え、我々が新たな道を行くことを許してくれ」

激しい地鳴りと風の中で、雲の王はその声が聞こえたようにムウマを見た。だが、その願いが聞き届けられた気配はない。咆哮と共に眩い光がその鼻先に浮かぶ。あの光が一閃すれば山が吹き飛ぶ。ライラとイリがムウマの傍らに立った。だが逃げようとはしない。

雲の王は苛立ったように光を収め、三人へと向かってくる。ムウマたちは大ヒルギの出口から再びアマンディの中へと駆け込んだ。

九

後ろからばきばきと木をへし折る音がする。空人のウタギを破壊しつつ、雲の王が追ってきていたが、不意にその音が止んだ。

追いついてきたライラが、穴を振り返ってほっと息をつく。

「雲の王がアマンディに攻撃を仕掛けないのは、島の守り神だからだよな」

「それもある。でも、彼が護りたい者が山の中にいるから」

ムウマたちは足を止めず、再びミリドたちがいた村へと走っていた。

「追ってくる気配がなくなった……」

ライラは不安そうだが、イリは振り向かなかった。

「元からここにいるのです」

「元から？」

「そう。王はただ一人なんだ」

ムウマも確信を抱いていた。

やがて、ミリドのいた村に出る。ライラが頭上に浮かぶ長大な蛇身を見て、あっと声を上げた。だがムウマに驚きはなかった。

「僕たちは変を求める」

雲の王に向かって、ムウマは胸を張り、大音声で呼びかける。

「だからあなたにも変わって欲しい。雲の王、いや、お父さま！」

イリも続けて叫んだ。

「今こそ、人を守って欲しいのです。聖なる山も、それを尊ぶ人がいてこそ」

雲の王は静かにムウマたちを見下ろしていた。瞳から怒りの紅は消え、底の見えない黒い瞳へと変わりつつあった。

次の瞬間、音もなく雲の王の姿は消え、ムウマたちの目の前には聖地の王とされた人物が立っていた。

「人々の戦を止めさせたい。島を水の海に下ろしてください」

ムウマは拝礼して頼んだ。ライラとイリもそれにならう。

「我が務めはこの島を守ることのみだ。そんなことはできない。島の者はただその恵みと災いに従って生きていけばいい。増える時は増え、増えすぎたら減ればいい」

「お願いです」

イリも懇願する。

「空人の一人として、あなたの娘としてアマンディを奉じて生きてきました。ですが、ムウマとライラと交わり、これまで知らなかった人たちの営みを見ました。どこに住んでいようと人は変わらない。どれを捨て、助けるかを選ぶことは本来あり得ないこと」

コクランは、イリの言葉をじっと聞いていたが、やがて首を振った。

「戦を止めさせるのは無理だ。一度猛り狂った人の心は、死ぬか勝つかしなければ元に戻ることはない。ドネルに火をつけさせたのは私だが、戦っているのは人だ。私はそれを見守り、戦が終われば、アマンディの地中で養っていた人たちを島に放すだけ」

「あなたは『窯』の力を増して獣の数や収穫を減らし、飢えや凶作のせいで人々の心が穏やかでなくなったところで、争いを起こすためにアジたちを、父さんを殺したんだな」

ライラはアジたちが死んだ現場に落ちていた羽根をコクランに突き付けた。

「その通りだ。人全てを滅ぼさぬために、浄めの業火(ごうか)が必要だ。彼らの命はその火種として必要だったのだ」

コクランは話しながら、やがて苦しそうな表情に変わってきた。

「そのように……定められていたのに、どうしてお前たちは従わない？」

「運命は決まっているかもしれない。でもそれに抗うこともできる」

「この島で変を求める者は、滅ぶ。そう教えられたことがあるだろう？」

「滅びない」

ムウマは敢然と言った。

「コクランさま……いや、雲の王よ。王国を、あるべき場所に戻して下さい。そこにはかつて、無限の大地と水の海と空があったはず」

「そこはもはや、人の住むべき場所ではない」

「どうしてそう言えるのです」

「広く豊かなものを与えれば与えただけ、お前たちは食い尽くす。この小さな島で、互いに交わらず争わず、増えれば互いに減らし合うよう生きていれば、全てが滅びることはない。人が半ば滅ぶことも、この島のためには必要なのだ。備えはもう整っている」

コクランが手を差し上げると、青空や山稜を映し出していた壁の光景が一変した。

十

美しい島の景色が歪み、崩れ始めている。島の周囲には雲が波打って陽光を白く照り返している。

「島が水に沈んでる」

ライラが口もとを押さえた。

壁に映し出される大地は、木々の緑に覆われている馴染みのものだ。山々のたたずまいも空の青も変わらないように見える。しかし、島を取り囲み、見渡す限り続いているはずの雲の海は、鮮やかな青を湛えた水に変わっていた。

いつか見知らぬ空人に連れられて見た、あの時の光景と同じだった。だが、その美しい光景の中に異変が生まれた。何かが破裂する音が響いて、そちらに目を向ける。無数の大鳥が舞い、地上へめがけて次々に急降下を始める。

大鳥には鉄の鎧がかぶせられているらしく、その体は銀色に輝いていた。その輝きの中から炎の矢が打ち出される。その先には川人の首府よりもずっと大きな村があった。村からも赤い光が放たれ、大鳥が数羽撃ち落とされた。

戦いは空でのみ起きているのではなかった。地上に目を移せば、人々が激しく矢を打ちかけあい、槍を持った兵たちが死闘を繰り広げている。何故戦っているのかもわからない。空の高さから風景はやがて地上へと移っていく。イリが隣で悲鳴のような呻きのような声を放った。

「ムウマ、これは……」

ライラの声が震えている。ただ仲が悪いという言葉では済まされない、とてつもない憎悪と殺意が人々の間に渦巻いていた。

この戦いは三つの民が争っているわけではない。川人の軍勢の中に少なくない山人の姿があったし、山人の軍勢もまたそうであった。空人の大鳥も互いに殺し合っている。

戦は何日も続いていた。

ムウマが祠で見た、弓矢よりも遥かに遠くの獲物を倒す武器も盛んに使われた。数え切れないほどの兵が倒れ、いくつもの村が灰となった。豊かな緑で覆われていたはずの島はいつしか荒れ果てて岩と土がむき出しになっている。

島をこうしたのは、戦いの最後に双方が放った不思議な武器だった。夕刻の雷雲よりも激しい閃光を放ち、山一つを焼き尽くすよりも猛烈な炎を放つ。一方は大鳥から、他方は地上から撃ち込んだ。

そして残ったのは、荒れ果てた島とわずかな人影だ。それが何度か繰り返された。人々の装いはそのたびに大きく変わった。山に緑が戻ることもあれば、山肌の全てが家や塔で埋め尽くされることもあった。

その全てが、最後は強烈な光と炎で焼き尽くされた。そして、わずかな人影がアマンディらしき山に向かう所で偽りの壁に映し出された光景は終わった。

「こんなことが繰り返されてきたのか……」

ライラは言葉を失っている。光と炎の下で、なすすべもなく焼き尽くされていく。

「これを最後まで見たのはお前たちが初めてだ」

コクランの姿が浮かび上がった。

「この後、どうなったんだ？」

ムウマが気になったのはその先だ。

「今の島の姿がそうだ。雲の中にあり、民たちは分かれて暮らすようになった。それが答えだ。だがそれでも、お前たちは愚かな過ちを繰り返す。もはや手の施しようがない」

コクランは天地を指した。

「私こそがこの島そのものだ。何度も過ちを繰り返してきた者たちには、もはや滅びしか道はないのかもしれぬな。ついてこい」

コクランは身を翻すと、壁の中に姿を消した。

十一

ムウマたちが壁の中に入ると、青く白い光が目に入った。続いて湿り気を帯びた熱風が出てくる。巨大な螺旋（らせん）が低く静かな音を響かせ、ゆっくりと回っている。光と熱の源はここだった。

その前に、ドネルの姿があった。

「ついに見つけたぞ。これこそがアマンディを司るもの……」

ムウマたちが現れたにもかかわらず、ドネルは螺旋から目を離さない。

「俺がこの力と一つになった時、全知の王、全能の神となるのだ」

螺旋に近付こうとするドネルを、コクランは静かに呼びとめた。

「島のためにその身を捧げる運命にあった姉が苦しみから解き放たれるには、島の命を切り離さ
コクランは愛おしそうに螺旋を見つめている。

「この島の命と繋がる存在として山に捧げられた、姉のもとへ」

イリが言った。

「できるかもしれないと思うから、コクランさまもここに私たちを導いたのではありませんか」

「これこそ私が守るべき存在。お前たちがどうこうできるものではない」

にコクランに視線を戻した。

コクランがゆっくりとその螺旋の前に立つ。イリとライラは螺旋に目を奪われていたが、すぐ
「そうだ。島の命だ」

ムウマたちは息を呑んで螺旋の輝きを見つめている。

「これが島の……」

言い終える前に、ドネルは一塊の煙となって消え去った。

「くそ、俺に従え。人々の願いを背負っているのはこの俺……」

瞬間、ドネルの手が煙となって蒸発した。

螺旋に近付き、手を伸ばす。静かに回っている螺旋がわずかに身震いしたように見えた。次の
だ。お前たちはただ俺に従っておけばいい」

「民たちを苦しめている者の言葉は心に響かんな。後は私がこの島の王神となり、全てを司るの
「ドネル、お前のために言っているのだ。私にとってはお前とて民の一人だ」

「止めておけ？　ひた隠しにしていた力を奪われるのがいやか」

「止めておけ」

なければならない。人が多く増えたことで島は荒れ、雲の中を飛び続けるのは難しくなった。人の数を減らせば、その重荷を取り去れると考えたのです」

　でも、とイリはコクランを見据えた。

「ムウマやライラと会って、滅びが答えではないのかもしれないと考えるようになりました。空人として育った私たちと違う考え方がある。だったら、この島の命運だっていくつもの未来を考えてもいいんじゃないかって」

　コクランは微かに笑った。

「お前たちも見ただろう。里の人々は愚かな行いを重ね、滅びを避けることはできない。人の数も考えも、絶対の力を持つ王や神が司ればいい」

「それは違う」

　ムウマは首を振った。

「何度も同じ失敗を繰り返し、争い続けるのは確かに愚かだ。でも、滅びから人々を救う答えを共に探すこともできる」

「もう遅い。人が自らを滅ぼせないのであれば、島の魂はその美しき肌に取りついた穢れを払い、また清浄な雲の海で新たな命を育み始めるだろう。我が娘、ユリよ」

　コクランの言葉に呼応するように、螺旋の唸りが大きくなる。

　ムウマは首を振り、螺旋に向かって語りかける。

「今生きている命こそ、守るべきものなんだ」

「ユリは自分の運命を受け入れて、人々が残した最後の希望であるこの島を守ろうとしたんだろう？　それはコクランさまも同じだ。人々は確かに増え過ぎた。数を減らしてここを守らなければならない。自分たちが全てを捨てて運命に従うように、人々も同じようにしなければならないと考えるのはわかる」

でも、とムウマはライラとイリに視線を向けた。

「山人と川人と空人が違うように、人もそれぞれに大切なものがある。捨てろという前に、守ることを考えたいんだ」

「それが愚かなのだ」

コクランがため息と共に言った。

「守ってやれば、人は己の欲望のままに島を食い散らす」

「そうしない知恵も、人にはあるはずだ」

「どうしてそう言える」

「思うことが違っていても、やり方が異なっていても、本当に大切なことのために、同じ道を歩むことができる」

螺旋の唸りが小さくなり、コクランが驚いて覗き込んでいる。

「イリ、ライラ。島に残っている人々に、大きな揺れが来るから、できるだけ高い場所で伏せているように伝えてくれ」

「お前はどうするんだ」

ライラがムウマの目をまっすぐ見つめて訊ねる。

「『窯』を止め、島を少しずつ水の海へ下ろす」

「そんなことできるのか」

「やってみせる」

そして、コクランへと向き直った。

「ユリと昔、約束したんだ。コクランさま、僕を通して下さい。かつて、一緒に飛んだ時の約束を果たしたいのです」

「王神としてそんな願いを聞き届けられると思うか？」

振り返ったコクランの瞳には戸惑いと怒りが入り混じっていた。

「コクランさまは、ユリのことを誰よりも大切に思っているではありませんか。人々ではなく島を大切にしているのは、あなたが聖山の王神だからではなく、ユリを守りたいと思っているからではないですか。そして、誰かを守りたいと思っているのは僕たちも、山の外で争っている人も、既に命を落とした人も、皆同じです」

コクランは首を振り、螺旋へと体を向ける。

「さあユリよ。聖なる島の要として、私たちはすべきことをしよう。増えすぎた人を減らし、山を焼き、また新たな歴史を刻んでいこう。先人たちがそうしてきたように」

だが、螺旋の音は小さくなったまま、王神の声には応えない。

「どうしたというのだ……」

コクランは立ちあがった。

「ユリ、私の声が聞こえないのか」

その時ムウマは、胸のウカミダマが熱を持つのを感じた。

「さあ、島に災いをなす余計な命を滅ぼすのだ」

それでも螺旋は、ユリは応えない。

「ユリ、務めを忘れてはならん」

コクランが巨大な螺旋に触れると、変化が表れた。ゆったりと回り始め、徐々に速くなっていく。色も暗く、赤くなっていった。

苦しんでいる……。

ムウマの胸も苦しくなってきた。コクランはユリが望んでいないことを強いようとしている。

「私に従え。でなければ、お前を壊さなければならなくなる。滅びるのは地上の人々だけでいい。お前は永遠の存在として美しき天の島を見守り続けるんだ！」

何度も呼びかけたコクランは、やがて力が抜けたように座り込んだ。

「そうか……」

螺旋の前でうなだれる。

「お前は全てを受け入れたふりをして、抗っていたのだな。島が繰り返してきた行いを、自分の代で止めるため、この少年に賭けたのか」

コクランの美しく白い顔が銀の鱗に覆われていく。袖は爪に、裾が翼に変わるにつれて長身の王神は雲の王へと変貌していった。

「ユリよ、いずれが真実か断を下すがいい。私かお前か、いずれかが滅びる。どちらの未来が正しいか」

螺旋と雲の王が絡み合い、やがてその間に青い炎が煌めいた。炎を仲立ちとして二人の間に無数の言葉が飛び交っている。

ウカミダマを通じて、二人の間での万感の想いを込めた決別の言葉が伝わってくる。螺旋に巻きついた雲の王の姿が光となって消えていく。親子の絆と山のさだめに全てを捧げた少女が、自らの意思を明らかにしていた。

そしてムウマは、自分の中にある山の魂が悲しげな声を上げ、螺旋に応じているのを感じた。

彼女の本当の願いを共に叶えるべきは、自分だ。

「ライラもイリも、外へ」

「何をする気ですか」

「山の外には人がいる。皆を助けるのはライラとイリだ」

イリがムウマの衣を摑んだ。

「ムウマは？」

「ウカミダマの力を使って僕はユリを手助けする。共に在ることで、できることがある」

「共に在るって、あの螺旋の力を見ただろう？　ムウマはどうなるんだ」

ライラはなお何か言おうとしたが、ムウマは手を上げて制した。

「僕がどうなるかではなく、地上の人々がどうなるかだ」

「どうして、そこまで人に尽くさなければならないんだ？」

その声は悲鳴に近かった。

「カリシャだからだよ」

「行くな！」

ライラが叫ぶ。

「皆が助かってもムウマが死んだら何にもならないだろ！」

「死ぬんじゃない」

ムウマはライラの瞳をまっすぐに見つめた。

「僕たちはずっと一緒にいられる。だからそれまで、皆を頼む。全てが終わったら……」

ライラに一粒の種を手渡し、耳元で一つ囁いた。

「頼まれてくれるか」

ライラは頬を赤らめ、黙って頷く。そして手のひらに載せられた種に視線を向けた。

「これは？」

「ミナオの村で子供たちがくれたタンカンの種だ。僕が戻るまで大きく育てて欲しい」

「言ったな……約束だぞ」

決然としたムウマの表情にくちびるを噛んだライラは、イリに肩を抱かれるようにして山の外へと向かった。

二人が去り、炎の煌めきと燃え盛る音だけが残った。大地の揺れも山の鳴動もしばし止まっている。青い光の中にある螺旋は、ゆったりと回り続けていた。ムウマはそっと手を伸ばし、螺旋に触れた。その瞬間に、指先が溶けてなくなる。だが不思議と痛みや怖さは感じなかった。

「ユリ、すごいな」

溶けた指先から悲しみが伝わってきた。天をゆく島が人々を守るゆりかごとなっていた。だが、ゆりかごであり続けるために、人の命を奪わなければならなかった。そして長く空に浮かんでいた島は、疲れ切っていた。

「いい考えがあるんだ」

ムウマは語りかけた。

「一緒に島を海へ下ろすんだ。もとあった場所に下ろして、あとは天地に人々の命を委ねよう。もう、ユリだけが背負う必要はない。これからのことは島に生きる者皆で考えていけばいい」

青い炎が揺らめいた。島と一つになった自分はどうしたらいいのか、心細く思っていた。そんな声が聞こえた気がした。

「大丈夫、僕はここにいるよ。ライラやイリと出会って、ここまで旅していた姿をユリは見てくれていたんだろ？」

螺旋の向こうから苦しげに頷く気配がした。

「この先は、人々の営みを見守ってくれればいい。何も操らず、何も滅ぼさずに」

ムウマはそのまま近づいていった。猛烈な熱を感じた。

「ウカミダマの力は島と記憶を共にし、未来へ引き継いでいくためのものだとユリは教えてくれた。でも、だからこそ僕はウカミダマとここに残る。あるべき場所に戻った島の日々は、これから新しく刻まれていくんだ」

だが、彼の意識と肉体を引き戻そうとする声が飛んできた。ライラの声だった。

ムウマは自らライラの手を離し、光の螺旋へと体を重ねる。全ての感覚が消えていく。

あの時の空が目の前にあった。白き羽根の美しき大鳥の背に、あの少女が乗っている。羽根に乗ると共に、肉体が風と共に散り、魂は空と一つになる。命は山へ還るだけだ。

その時、頬にそっと手を当てられるのを感じた。

「見えますか？」

その手の主は言った。島の下に広がる紺碧（こんぺき）の海と、かつてこの島があった痕跡（こんせき）を残す、白く透き通った大きな浅瀬が見える。

「綺麗だ」

いつまでも、山と空と、そして新たに、海の恵みを受けて永遠に生きていけるように。また空に逃れなくてもすむよう、ムウマは意識が消え果てるまで願っていた。

十二

荒れ果てた空人の里を前に、ライラとイリは立ち尽くしていた。島は傾き、倒れている人影は動かない。島のあちこちから噴き上げている白煙は、島が上げる死の叫びと、人が放つ戦いの炎によるものだ。

島は大きく傾き、山は崩れて川は水を失い、元の姿を失っている。強い熱い風が吹き荒れ、落ちていく感覚にライラは思わず膝をついた。だがイリは立ったまま、頭上に遠ざかり、散り散りになりつつある雲の海を見上げていた。

「お父さま、最後まで私を見てくれなかったな……」

イリがぽつりと言った。

「コクランさまが雲の王って、気付いていてたのか？」

「私を殺さなかったでしょ？　何度も怒らせるようなことをしたのに」

確かに、川人の里近くで雲の王に追われている時も、空人の里で対峙（たいじ）した時も、命を奪おうとすればできたはずだ。

「そうだったらいいな、と思ってた。お父さまはいつも姉さまのことを見ていたから。姉さまを助けに行けばお父さまにも会える。この島の滅びを止めることができたら、きっと二人に褒めてもらえるって」

イリが顔を歪めて泣く姿を見たのは初めてだった。

「島の人を助けたいのは表向きのこと。嘘と隠し事で皆に迷惑かけて……私はただお父さまに見て欲しかった。姉さまよりもとは言わない。その半分でいいから」

ライラは立ち上がり、身を震わせて泣くイリを抱きしめた。

「俺はイリの父さんにはなれないし、何度も腹を立てたけど」

そっとイリの背中を撫でる。

「父上を殺されて、何度も恐ろしい目に遭って、その度に乗り越えてこられたのはムウマとイリがいてくれたおかげだと思ってる。だからこれからも一緒にいよう」

イリは目を丸くしてライラを見上げていた。

「頼もしいことを言うのですね」

「ムウマの分も頑張らないと」

大地が揺れ、地鳴りと山鳴りがあちこちから響いてくる。

「……ええ」

ライラたちは滅びの姿を見せる島を見回した。聖なる山の内側でも外側でも、憎悪が渦巻いていた。戦いの中で命を落とした人々の死体が、山の傾きに抗えず滑り落ちていく。

「みんなはまだ戦ってる。俺たちにはまだやるべきことがある」

その時、頭上をさっと何かが横切った。ライラが見上げると、そこには無数の鳥が円を描いて飛んでいる。

小さな鳥たちを中心に、大鳥がその周囲を守るように旋回していた。

「人々に私の言葉を伝えて」

一羽の雲雀(ひばり)がイリの肩に止まって数度囀り、また空へと戻っていった。

「これからどうするのです？」

「一人でも多く助ける。ムウマが望んだことをするんだ」

ライラはやがて走り出した。その肩を、大きな爪が摑んだ。見上げると純白の羽根が空を覆っている。

「マニシ！」

イリが嬉しそうに声を上げた。王の大鳥はライラを背に咥(くわ)え上げると、イリにも乗るように促した。二人がその背にまたがるなり、一気にマニシは高度を上げる。山々が眼下に広がり、村も山も煙を上げているのが見える。

「まだ戦いは続いているのか……」

「いや、アマンディに向かい始めている人たちもいます」

イリはマニシの首を優しく叩くと、大鳥は高度を下げた。ひと際大きな羽根を見上げ、人々が足を止める。イリとライラは声を限りに呼びかける。

「できるだけ山の上へ。アマンディであることは気にするな！」

とにかく高くまで登るよう声を掛けて回る。剣を合わせていた者たちも、王神の大鳥を見て動きを止める。

「今や山と川の境もない」

ライラとイリが戦いを続ける山人と川人に呼びかけ続ける。

「少しでも高い所へ！」

呼びかけても殺気立った者たちはそう簡単に止まらない。だが、川人のライラと空人のイリが同じ大鳥に乗る姿は人目を引いた。

「島はこれより大いなる水の海へと落ちる！　互いに文句があるなら、水の上に落ち着いてからにするんだ！」

　山の中で怯える山人たちにも、ライラは呼びかけ続けた。

　二人の言葉を裏付けるように、大地が傾き、落ちる感覚が人々の足元を不安にさせていく。これまでに感じたことのない、湿り気と潮の匂い、そして熱を帯びた風が吹き始めた。耳が詰まって音が聞こえづらくなる。人々が初めての感覚に悲鳴を上げた。

　その時、数人の空人が大鳥に乗って姿を現し、声を上げて山人や川人を宥めにかかった。

「空の中を急に下ると耳が詰まる。鼻を摘まんで空気を抜け！」

　人々がそうしている間に、脚の弱い子供や老人たちを担いだ山人たちが、斜面を駆け上がっていく。その背に負われているのは、山人だけではない。大鳥に乗れる空人たちは島中に散って、ライラとイリの言葉を伝えて回っていた。

「皆で生きるんだ！」

　ライラとイリは声の続く限り叫び、傾き落ちる島の上で恐怖に震える人々を山に導き続けた。大地の揺らぎと落下は、人々の殺気を奪うには十分な脅威だった。島を半ば回ったあたりで、『窯』から噴き出していた白煙が不意に収まった。

「島が……」

　斜めになっていた島が平衡（へいこう）を取り戻し始めている。いつしか眼下に広がっていた水の海が間近になっていた。波が崩れて作る白い泡まではっきりと見えるようになっている。

「この勢いで落ちて大丈夫なのか」

　ライラがくちびるを噛んでいる。マニシが体を傾け、島の下まで見える場所にまで飛ぶ。これまで『窯』から出ていた白煙が、島の下から激しく出ていた。

収まりかけていた島の揺れが再び激しくなる。大地が軋みを上げる中、三つに分かれていた人々が互いの手をつなぎ合って恐怖に耐えていた。

「ムウマ頑張れ！」

ライラは叫んだ。

「お前の、カリシャの心は皆に通じてる！」

何が起きても他の誰かを救おうとする心があれば、全ての苦難を乗り越えられる。だからその機会を人々に与えてくれ、とライラは祈った。

「こんな大きな物を背負わせてごめん。俺たちも背負う。皆で背負う。でも今はムウマにしか救えない。ずるい言い方だと思うけど、こう言ったらムウマはカリシャの力を出し尽くしてくれると知ってるんだ！」

島は空にありながら落ち着きを取り戻しつつあった。平衡に戻った島が、ゆったりと海へと降り立つ。それでも大きな揺れと共に島が震え、波が四方へと広がっていった。

「終わったのか」

島から放たれた波も、少しずつ小さくなっていく。島を取り巻くのは雲ではなく、水の海へと変わった。強い日差しが降り注ぎ、波が岸に打ち寄せ始める。

マニシと共に、島の上を飛ぶ。あちこちの山の上で山人と川人、そして空人が共に肩を寄せ合って、無限に広がる海を見つめているのが見えた。空人の里でマニシから下りる。かつて雲が埋めていた辺りに、水の波が打ち寄せている。

海が静まってしばらくすると、人々がアマンディを目指して集まってきた。『窯』から上がり続けていた白煙が止まり、雲の海は遥か空の上にある。

アマンディの上空から見ると、頂にあった最大の『窯』も崩れ落ちていた。山の上に逃れていた人々も、山の中から逃れてきた人も、聖地が崩れるさまを前に、身を寄せ合って震えている。ライラとイリは、怯える人々に、争いを止め、皆で生きよう、と呼びかけ続けた。

結

　数日が経ち、人々は戸惑いつつも、それぞれの暮らしを再開し始めている。ライラとイリは空人の里で、疲れ果てた心身を休めていた。何も話さず、ただ波を見ていた二人の前に、ミナオとサネクが現れた。その後ろには山、川、空、それぞれの人々を伴っている。

「アジの子よ」

　サネクに促されたミナオはライラたちの前に膝をついた。

「島は新たな地に根を下ろし、また新たな日々を作っていかなければなりません。我らには束ねとなる者が必要です。どうか私たちをお導き下さい」

　だがライラは拒んだ。

「イリが適任だ。島を束ねる王神は空人の務めだった」

「私では駄目です。人々のことを考えず、私情で島を乱そうとしました。でも、あなたは違う。戦をさせないために自らを捨て、アジを殺した罪さえ背負おうとした。王となるのは、己を後にし、人々のために尽くせる人でなければなりません。それに、島はもはや以前とは違う。空人であるからといって、王の地位につく必要はありません」

　ライラは人々を見回した。傷つき疲れている。だが、生きている。山人が川人に肩を貸し、空人と山人が手を取り合っている。空を見上げ、そして打ち寄せる海に、そしてイリに目を向けた。イリは穏やかな笑みを浮かべ、促すように手を広げた。ライラは長い沈黙の後、すっと顔を上げて人々を見回す。そして、王として掟を言い渡す、と切り出した。

「互いに交わり、助けを求める者にその持てる力を惜しんではならない。今、私たちの前には果てしない水の海、アマが広がっている。限りのない恵みと天地を忘れぬよう、この島をアマミと名付ける」

アマミ、と人々は口に出して、その響きを確かめている。人々の間から、声が上がり、やがて一つとなって喝采へと変わる。

「皆が認めてくれたようです」

イリが眩しそうにライラを見た。

「では各々、日々の暮らしへ戻れ」

ライラが颯爽と命じると、人々は四方に散っていく。全ての民が去った後も、ライラとイリはそこに立ち尽くしていた。

「ムウマ、喜んでくれるかな」

「それはこれからではないですか、王さま」

イリは胸に手を当て、恭しく頭を下げた。

「厳しいね」

「厳しく、支えます」

「そう……。じゃあ厳しくされる前に一つだけお願いがあるんだけど」

「何でしょう」

「きっと、俺たちのことは島の伝説になると思うんだ」

「気が早すぎませんか」

「これくらいいいだろ。それで……」

ライラが耳打ちすると、イリは目を見開いた。

「山人ムウマと川人ライラはアマンディの炎の中で永遠の愛を誓ったという伝説を残せって、それは本気なんですか」

「ムウマはずっと一緒だって言ってくれたよ」

丸くしていた目を細め、イリは微笑んだ。

「仕方ないですね。ムウマはライラ王にお譲りします」

芝居がかったしぐさで拝礼すると、イリはうやうやしくタンカンの種を受け取った。


それから幾千年の時が経ち、人々の間には伝説が残った。

かつてこの島は天にあり、川の美しき女神と山の逞しき男神が共にこの地に降臨し、アマミという美しい島を開いた。

二人の神は人々の間に絶えなかった争いを収め、山と川と海の恵みと、そして永遠の幸せをもたらした。空の女神の仲立ちのもと、甘く香気に満ちたタンカンの実を契りの証として結ばれた二人は、永遠に島を見守っている。人々は長くそう言い伝えたという。

本書は書き下ろしです。

仁木英之（にき・ひでゆき）
1973年大阪府生まれ。信州大学人文学部卒業。2006年『夕陽の梨　五代英雄伝』で第12回学研歴史群像大賞最優秀賞、『僕僕先生』で第18回日本ファンタジーノベル大賞を受賞。ベストセラーとなった「僕僕先生」シリーズや、「千里伝」シリーズ、「くるすの残光」シリーズ、「黄泉坂案内人」シリーズ、「立川忍びより」シリーズなど多くのシリーズを手掛ける他、『真田を云て、毛利を云わず　大坂将星伝』（上・下）、『まほろばの王たち』など著書多数。

てぃん島（じま）の記（き）

二〇一九年四月二十三日　第一刷発行

著者　仁木英之（にきひでゆき）
発行者　渡瀬昌彦
発行所　株式会社講談社
〒一一二-八〇〇一　東京都文京区音羽二-一二-二一
電話　出版　〇三-五三九五-三五〇五
　　　販売　〇三-五三九五-五八一七
　　　業務　〇三-五三九五-三六一五

本文データ制作　講談社デジタル製作
印刷所　豊国印刷株式会社
製本所　株式会社国宝社

定価はカバーに表示してあります。
落丁本・乱丁本は購入書店名を明記のうえ、小社業務宛にお送りください。
送料小社負担にてお取り替えいたします。
なお、この本についてのお問い合わせは、文芸第二出版部宛にお願いいたします。

Printed in Japan　ISBN 978-4-06-515176-1　N.D.C.913　294p　19cm